KB123562

요해단충록 2

遼海丹忠錄 卷二

《型世言》의 저자 陸人龍이 지은 時事小說, 청나라의 禁書

요해단충록 2

遼海丹忠錄 卷二

육인룡 원저 · 신해진 역주

보고사
BOGOSA

머리말

이 책은 《형세언(型世言)》의 저자로 알려진 육인룡(陸人龍)이 지은 시사소설(時事小說) 〈요해단충록(遼海丹忠錄)〉을 처음으로 역주한 것이다. 청(淸)나라 건륭제(乾隆帝) 때 나온 〈금서총목(禁書總目)〉에 오른 작품으로서 8권 40회 백화소설이다. 중국과 한국에는 전하지 않고 일본 내각문고에 전하는 것을 1989년 중국 묘장(苗壯) 교수가 발굴하여 교점본을 발간함으로써 학계에 알려졌는바, 그가 소개한 글의 일부를 인용한다.

〈요해단충록〉은 정식 명칭으로 〈신전출상통속연의요해단충록(新鐫出像通俗演義遼海丹忠錄)〉이고 8권 40회이다. 표제에는 '평원 고분생 희필(平原孤憤生戲筆)'과 '철애 열장인 우평(鐵崖熱腸人偶評)'이라고 기록되어 있다. 첫머리에 있는 서문에는 '숭정 연간의 단오절에 취오각 주인이 쓰다.'라고 쓰여 있다. 오늘날까지 명나라 숭정 연간의 취오각 간본은 남아있다. 이 책의 작자인 고분생에 관하여 '열장인'과 관련된 동일인임이 명확한데, 곧 육운룡(陸雲龍)의 동생이다. 청나라 건륭 연간에 귀안 요씨가 간행한 《금서총목(禁書總目)》에 〈요해단충록〉이 수록되어 있는데, 육운룡의 작품이라고 덧붙여 놓았다. 운룡은 취오각의 주인으로 자는 우후(雨侯)이고 명나라 말기의 절강성 전당 사람인데, 일찍이 〈위충현소설척간서(魏忠賢小說斥奸書)〉라는 소설을 지었다. 그렇지만 그 책의 서문에 '이는 내 동생의 〈단충록〉에서 말미암은 기록이다.'고 분명하게 말한 것은 작자가 운룡이 아니고 그의 동생임을 나타내지만, 이름은 자세히 밝히지 않았다. 그가 지은 소설 작품들을 통해 보건대, 그의 동생은 나라의 정치에 관심이 있어서 때때로 '자기 혼자서 세상에 대해 분개하는' '뜨거운 가슴을 지닌 사람'이라 하겠다. 책에는 간행한 년월 날짜가 없지만, 서문 말미에 기록된 '숭정 연간 단오절'은 혹시 경오(숭정 3년, 1630)의 잘못일 수도 있고, 아니면 경오년 단오일 수도 있다. 책의 서사가 원숭환이 체포되는 것에서 그쳤는데 그 사건은 3년 3월에 있었던 것이나, 원숭환이 그해 8월에 피살된 것은 언급하지 않고 있으므로 숭정 15년의 임오(1642)일 리가 없기 때문이다.(描壯, 「前言」, 《遼海丹忠錄》 上, 『古本小說集成』 72, 上海古籍出版社, 1990, 1면.)

위의 글은 〈요해단충록〉의 서지상태를 비롯해 작자 및 창작연대를 알려주고 있다. 곧 육인룡이 1630년에 지은 것임을 알 수 있다.

이 소설은 1589년부터 1630년 봄에 이르기까지 후금(後金)의 흥기(興起)를 다루면서 사르후 전투, 광녕(廣寧)의 함락, 영원(寧遠)과 금주(錦州)의 전투 등 중대한 전쟁을 서술하여 당시 요동의 명나라 군인과 백성들이 피투성이가 된 채로 후금군과 분전하는 장면을 재현했을 뿐만 아니라 명나라 말기 군정(軍政)의 부패, 명청 교체기의 변화무쌍한 세태를 반영하였다. 무엇보다도 가장 중요하게 다룬 것은 모문룡(毛文龍)의 일생이다. 모문룡은 나라가 위태로운 난리를 당했을 때 황명을 받들고 후금에게 함락되어 잃은 땅을 수복하고자 하였다. 해상을 경영하여 후금의 군대를 공격해 견제할 수 있는 중요한 무력의 발판을 마련했지만, 나중에 원숭환(袁崇煥)에게 유인되어 피살되었다. 이러한 모문룡의 공과에 대해서 명나라 말기부터 시비가 일어 결말이 나지 않고 분분하였는데, 그의 오명을 벗기기 위해 이 소설이 지어졌다고 한다.

한편, 양승민은 그 실상이 알려지지 않은 이 소설을 소개하고자 쓴 글(「〈요해단충록〉을 통해 본 명청교체기의 중국과 조선」, 『고전과 해석』 2, 고

전문학한문학연구학회, 2007)에서 모문룡의 조선 피도(皮島: 椵島) 주둔 당시 정황, 모문룡과 후금의 대결 국면, 조선과 후금의 관계, 모문룡 및 명나라 조정과 조선의 관계, 인조반정으로 대표되는 조선국 정세, 정묘호란 당시의 정황 등이 대거 서술되어 있어 한국의 연구자들이 논의할 필요가 있는 작품이라고 지적한 바 있다. 물론 이 소설은 기본적으로 주인공 모문룡을 미화하고 영웅화하면서 그의 공적을 찬양하여 억울한 죽음을 변호하고자 하는 작가의식을 보여준 것으로, 영웅을 죽인 부패한 명나라 조정을 비판하면서도 강한 반청의식을 드러낸 작품이라는 전제하에 지적한 것이다.

그렇지만 〈요해단충록〉은 8권 40회라는 대작인데다 백화문과 고문이 뒤섞여 있는 등 쉬 접근하기가 어렵다. 후금과 관련된 인명, 지명, 칭호 등이 음차(音借)되어 있어 더욱 그러하다. 그래서인지 몰라도 소개한 지가 10여 년이 지났지만 이 소설에 대하여 아직까지 제대로 된 논문이 나오지 않고 있는 실정이다. 이에 정밀한 주석을 붙이면서 정확한 번역을 한 역주서가 필요한 것임을 절감한다.

이제, 8권 가운데 그 둘째 권을 상재하는바 나름대로 최선을 다하고자 했지만, 여전히 부족할 터이라 대방가의 질정을 청한다. 다만, 〈요해단충록〉에 대한 정치한 작품론이 치열하게 전개되는 데 이바지하기를 바랄 뿐이다.

끝으로 편집을 맡아 수고해 주신 보고사 가족들의 노고와 따뜻한 마음에 심심한 고마움을 표한다.

2019년 1월 빛고을 용봉골에서
무등산을 바라보며 신해진

차례

머리말 / 5
일러두기 / 10

요해단충록 2

제6회 모문룡이 오랑캐 해치고자 기묘한 계략 쓰고,
       웅정필이 요동을 보전하고자 굳게 지키다. … 13

제7회 경략 신하를 바꾸자 재앙이 생겨 요동이 무너지고,
       투항 오랑캐 거두었더니 심양을 뒤엎고자 꾀하다. … 26

제8회 장전 시어사는 적을 꾸짖으며 순절하고,
       하정괴 최유수 두 어진 이는 살신성인하다. … 38

제9회 서쪽 오랑캐 관대하여 동쪽 오랑캐 견제하고,
       남위를 무마해 복종케 하여 서하를 강화하다. … 50

제10회 섬들을 두루 순찰해 의지할 데 없는 사람 도와주고,
       진강에서 야간 전투해 반란을 일으킨 장수 사로잡다. … 63

遼海丹忠錄 卷二

第六回 振南出奇毒虜 芝岡力固全遼 … 77

第七回 易經臣禍産亡遼 收降夷謀疎覆瀋 … 88

第八回 侍御罵賊殉節 兩賢殺身成仁 … 97

第九回 款西夷牽東虜 撫南衛固西河 … 106

第十回 遍巡島嶼扶窮民 夜戰鎮江擒叛將 … 115

찾아보기 / 123
영인자료《遼海丹忠錄》卷二 / 228

▌일러두기

이 책은 다음과 같은 요령으로 엮었다.

1. 번역은 직역을 원칙으로 하되, 가급적 원전의 뜻을 해치지 않는 범위 내에서 호흡을 간결하게 하고, 더러는 의역을 통해 자연스럽게 풀고자 했다.

2. 원문은 저본을 충실히 옮기는 것을 위주로 하였으나, 활자로 옮길 수 없는 古體字는 今體字로 바꾸었다.

3. 원문표기는 띄어쓰기를 하고 句讀를 달되, 그 구두에는 쉼표(,), 마침표 (.), 느낌표(！), 의문표(？), 홑따옴표(‘ ’), 겹따옴표(“ ”), 가운데점(·) 등을 사용했다.

4. 주석은 원문에 번호를 붙이고 하단에 각주함을 원칙으로 했다. 독자들이 사전을 찾지 않고도 읽을 수 있도록 비교적 상세한 註를 달았다. 단, 원저자의 주석은 번역문에 ‘협주’라고 명기하여 구별하도록 하였다.

5. 주석 작업을 하면서 많은 문헌과 자료들을 참고하였으나 지면관계상 일일이 밝히지 않음을 양해바라며, 관계된 기관과 여러분들께 진심으로 감사드린다.

6. 이 책에 사용한 주요 부호는 다음과 같다.
   1) ( ) : 同音同義 한자를 표기함.
   2) [ ] : 異音同義, 出典, 교정 등을 표기함.
   3) “ ” : 직접적인 대화를 나타냄.
   4) ‘ ’ : 간단한 인용이나 재인용, 강조나 간접화법을 나타냄.
   5) 〈 〉 : 편명, 작품명, 누락 부분의 보충 등을 나타냄.
   6) 「 」 : 시, 제문, 서간, 관문, 논문명 등을 나타냄.
   7) 《 》 : 문집, 작품집 등을 나타냄.
   8) 『 』 : 단행본, 논문집 등을 나타냄.

역문

요해단충록 2

遼海丹忠錄 卷二

제6회

모문룡이 오랑캐 해치고자 기묘한 계략 쓰고,
웅정필이 요동을 보전하고자 굳게 지키다.
振南出奇毒虜, 芝岡力固全遼.

장성들이 반짝반짝 오나라 땅을 밝히고 | 將星炯炯明吳地
그 중 뛰어난 사람이 우뚝이 일어섰네. | 中有奇才崛然起
글을 배웠으나 이루지 못해 유생됨을 부끄러워하며 | 學書不成恥作儒
짧은 옷에 칼을 끼고 삼한 저자거리 다녔네. | 短衣挾劍三韓市
천금 흩어 협객 사귀니 어찌 가난타 말하랴 | 千金結客豈言貧
옆구리에 찬 검은 호신부 귀신들을 울렸네. | 肘後玄符泣鬼神
뱃속에 산천 있어 쌀 모으는 것을 가볍게 여기고 | 腹裡山川輕聚米
때때로 흥망을 푸른 하늘에 묻곤 하였네. | 時將興廢問蒼旻
취하여 밤중에 청하보에서 싸울 때면 | 醉來夜戰淸河堡
오랑캐기병 우수수 떨어진 가을낙엽 쓸듯했네. | 虜騎紛紛秋葉掃
영웅의 명성 곧바로 중원과 변방에 퍼졌으니 | 英雄直令夷夏聞
미관인들 어찌 곤궁하고 고생함을 아끼랴. | 微官何惜供潦倒
새로 온 경략이 웅정필의 길을 막으며 | 新來經略當道熊
두 눈동자를 번득이는데 아침 해가 비추네. | 雙睛閃爍初日瞳
갑자기 군대의 대열에서 호걸을 발탁하니 | 便從行伍拔豪傑
그대와 힘을 다해 기이한 공을 이루리라. | 與君戮力成奇功
대장부가 땅에 묻혀도 매번 이러하다니 | 丈夫埋沒每如許
오늘날의 호랑이는 옛날에 쥐였도다. | 今日成虎昔爲鼠
때를 틈타 또 휘하의 위력을 펼치게 하면 | 乘時且展爪牙威
후련하게 충성심을 황상께 바치리라. | 用洒丹心獻當宁

여태껏 영웅호걸이 본래 종자가 따로 없었고, 장수가 될 만한 인재도 대대로 국록을 받는 사람들에게만 치우쳐 있지 않았다. 세상 사람들이 말하는 대대로 녹을 받는 장수도 결국에는 몸소 직접 전쟁터[戰陣]에 나아가야 했는데, 《황석공삼략(黃石公三略)》이 집안에 전해 오더라도 알지 못하고 부귀에 익숙해져서 의기가 쉽게 오만해지고 게다가 또 자신과 가문을 중시하여 목숨을 아끼고 죽음을 두려워한다면, 초야의 영웅이 빈한한 가운데서도 그의 골격을 단련하고 곤경에 처해서도 그의 마음을 발분하여 좌절에 처해도 그의 패기를 북돋아 의지할 곳도 없고 기댈 곳도 없지만 하늘을 가르듯 갑자기 혼자 몸으로 뛰쳐나와 스스로 국가를 위해 공업을 세운 것만 못한 것이다. 그러므로 영웅호걸은 한신(韓信)처럼 도망간 포로에서도 나올 수 있고 악무목(岳武穆: 岳飛)처럼 미천한 졸병에서도 나올 수 있으니, 보검이 갑 속에 있고 날카로운 송곳이 주머니 속에 있으면서 어찌하여 칼끝과 송곳 끝과 같은 뾰족한 곳을 드러낸 적이 없었겠는가만, 사리에 밝은 자는 세상의 어지러움을 겪고 영웅을 알아보나 사리에 어두운 자는 날씨가 추워지기를 줄곧 기다린 뒤에나 소나무와 잣나무를 안다.

그 당시 요좌(遼左: 요동)에서 전쟁이 벌어졌을 때, 사람들은 장성(將星)이 항주(杭州)에 비추고 있는 것을 보고서 절강성(浙江省)의 병사들을 모집하고 절강성의 장수를 찾으려 했으나, 그 장성(將星)에 적합한 사람이 일찌감치 이미 요동에 있는 줄 알지 못했다. 예로부터 산서(山西)에서는 장수가 난다고 하였으니, 이 장관(將官)도 원래 산서에 본적[祖籍]을 두고 있었다. 그의 할아버지는 성씨가 모씨(毛氏)이고 이름은 옥(玉)으로, 소금장수를 한 까닭으로 항주부(杭州府) 전당현(錢塘縣)에 임시로 적을 두고 있었다. 모옥이 아들을 낳으니 모위(毛偉)인데 감생(監生: 국자감 학생)이었다. 같은 마을의 심씨(沈氏)와 결혼하여 아들 셋

을 낳았는데, 장남의 이름은 문룡(文龍)으로 9살 때 아버지가 돌아가시
자 그의 어머니가 돌본 뒤 장가를 보내주었다. 별호(別號)는 진남(振南)
이다.

젊었을 때 공명을 이루는 데에 뜻을 두었으나 '백가서를 두루 익히
면 단지 운수가 막힐 뿐이다,'(博習百家, 只是運蹇.)는 이 두 구절의 문자
로, 여러 차례 과거시험에 응하였으나 공명을 이룩할 수가 없었다. 어
느 날 긴 한숨을 쉬며 탄식했다.

"장부라면 마땅히 공명 취하기를 티끌 줍듯 해야 하거늘, 어찌 30세
가 되어서도 명예를 다투는 장소에서 곤혹해 한단 말인가!"

그리고는 곧 서적들을 내버리고 말타기와 활쏘기를 익히니 백발백
중이었으며, 또한 원래 서생이었던 관계로 머리 회전이 매우 빠르고
이해가 매우 정확하여 《무경장략(武經將略)》을 빠뜨림 없이 한 번 열람
하고는 곧바로 변경을 지켜야겠다는 의지가 생겼던 것이다. 마침 외
삼촌(外三寸: 沈光祚)이 이미 진사에 급제하여 직방(職方: 병부 소속 관직)
벼슬을 하고 있었는데, 그는 홀어머니를 아내에게 부탁하고 중룡(仲
龍)·운룡(雲龍) 동생들과 헤어진 뒤 병부의 직방인 외삼촌 심광조의
편지를 가지고 요동으로 달려갔다. 그가 평소 큰 뜻과 드높은 기개를
가슴에 품고 돈을 물 쓰듯 하였기 때문에 한번 요동에 이르자 모든
저명한 문사(文士)와 웅대한 지략의 무신(武臣)들이 그와 교유하지 않
은 사람이 없었다. 또한 자주 식량을 마련하여서 요하의 동서 양쪽 지
방을 두루 유람하여 산천의 형세를 둘러보지 않은 곳이 없었다. 어느
날 임시로 거처하는 곳에서 우연히 심신이 피곤하여 책상에 엎드려
잠들었다가 꿈속에서 발길가는 대로 걷는데, 갑자기 하나의 보탑(寶
塔: 보물로 장식한 탑)이 보였다.

기와는 수많은 잔물결의 연푸른 물에 빛나고   瓦耀千鱗淺碧
난간은 희미한 붉은 노을 속에서 하늘거리네.   欄搖一抹微紅
풍경은 서풍에 흔들려 뎅그렁 소리를 내고   琅鈴鐸响西風
보탑 꼭대기는 푸른 하늘 높이 우뚝 서 있네.   寶頂青霄直聳

모진남(毛振南: 모문룡)이 이를 보고 말했다.

"내가 이곳에 오래 있었는데 이 탑을 본 적이 없었다. 우선 탑을 한 번 구경해 보리라."

보탑의 근처에 갔는데, 보탑의 문이 활짝 열려 있어서 모진남(毛振南: 모문룡)이 들어가니 곁에 백옥으로 된 경사진 층계가 있어 걷는 데에 편리하여 위로 걸어 올라가려 했지만 한 사람도 보이지 않았다. 다시 한 층을 걸어 올라가자 관리 한 명이 앉아 있더니 모진남(毛振南: 모문룡)에게 말했다.

"장군께서 여기에 오시는 것이 쉽지 않았군요."

모진남(毛振南: 모문룡)이 그와 서로 인사한 뒤에 위쪽을 보고 싶어 하자 그 관리는 저지하지 않았다. 곧장 5층까지 걸어올라 가자, 붉은 옷에 복두(幞頭: 두건의 일종)를 쓴 관리 한 명이 보였다. 모진남(毛振南)은 또 그와 서로 인사한 뒤에 그와 함께 보탑에서 아래쪽 경치를 구경하며 즐겼다.

들판은 까마득히 하늘과 서로 닿고   渺渺天連野
수목은 빽빽하게 산과 이어졌네.   森森樹接山
푸르스름한 곡물이 도처에 있고   微青禾遍地
가늘고 흰 강물이 물굽이 이루었네.   纖白水成灣

모진남(毛振南: 모문룡)이 말했다.

"볼 수 있는 데까지 최대한 먼 곳을 바라보고 싶소이다. 한층 더 올라가겠소."

막 올라가려는데, 그 붉은 옷을 입은 자가 말했다.

"그대는 여기서 그쳐야 하오."

모진남이 그 말을 듣지 않고 다시 위쪽으로 올라가서 6층을 거쳐 7층에 도착하니 신령한 사람[神人]이 위에 있었다.

얼굴은 남빛 같은 작은 점들이 얼룩얼룩하고	臉如藍靛點微斑
두 갈래 머리는 붉게 칠해 불빛을 내뿜네.	兩髮朱塗噴火光
머리 꼭대기의 금관은 불그레 해를 비치고	頭頂金冠紅映日
손에 든 쇠공이 그 기세 꺾기가 어렵네.	手持鐵杵氣難降

신령한 사람이 크게 외쳐 꾸짖는 소리로 말했다.

"어디로 달아나려 하느냐!"

마침내 손에 있는 쇠공이를 휘두르며 와서 모진남을 치려했다. 모진남이 급히 손으로 막으려고 했을 때는 이미 쇠공이에 의해 벽 사이에서 쓰러졌고, 죽을힘을 다해 필사적으로 벗어나려고 했을 때는 어느새 깜짝 놀라 깨어 침대에 있었다. 모진남이 스스로 생각했다.

'나의 공명은 응당 절정에 도달할 수 없을 것이지만 그래도 이하의 사람은 아닐 것이다.'

이렇게 생각하고서 자부하였다.

그 뒤로 요동에서 기패(旗牌: 명령을 전달하는 무관)가 되어 서로(西虜: 몽골)를 참획한 공이 있었기 때문에 일찍이 애양 수비(靉陽守備)를 역임한 적이 있었는데, 이때에 이르러 도사(都司)라는 직함이 더해져 요동에 있던 철기(鐵騎) 군영의 병마를 관리하면서 매일 웅정필 경략을 배알하였다. 웅정필 경략은 그의 체격이 장대하고 행동거지가 의젓함을 보고서 늘 그에게 어떤 일을 물으면 대답이 자못 상세하고 분명하였으며, 그에게 수비할 지역의 형세를 물어도 응답이 분명하였다. 웅정필 경략은 그를 재간 있는 사람으로 여기고 어느 날 그를 불러 가까이 다가가서 말했다.

"자네는 일찍이 수비(守備)를 담당하여 오랫동안 요동에 있었던 데다 내가 자네를 계략도 있고 담력도 있고 능력도 있는 사람으로 생각하고 있는데, 자네 연변(沿邊) 지방의 형세도 잘 알고 있는가?"

모 도사(毛都司: 모문룡)가 말했다.

"연변의 형세는 소장(小將)이 일찍부터 대략 알고 있습니다."

웅정필 경략이 말했다.

"누르하치 무리들이 쳐들어 올 곳에 대해서도 자네는 잘 알고 있는가?"

모 도사(毛都司: 모문룡)가 말했다.

"누르하치 군대가 쳐들어올 때, 군인들은 반드시 물이 필요하고 말들은 반드시 말 먹일 풀이 필요합니다. 소수의 군대가 약탈하러 쳐들어온다면 지역을 고르지 않아도 되지만, 대규모로 쳐들어온다면 물과 풀이 많은 곳을 따라 출발할 것이니 그런 지방은 모두 정할 수 있습니다."

웅정필 경략은 또 그를 불러 가까이 다가가서 말했다.

"내가 볼일이 있어 자네를 보내려는데, 자네는 가겠는가?"

모 도사(毛都司)가 말했다.

"나라의 공적인 일이고 경략께서 내리는 군령(軍令)이라면 어찌 있는 힘을 다해 가지 않고 있겠습니까?"

웅정필 경략이 은밀하게 말했다.

"나는 힘으로 겨루는 것을 하책이고 지혜로 겨루는 것을 상책이라고 생각하는데, 지금 심양(瀋陽)에는 비록 백 세작(柏世爵: 이여정의 잘못)이 있고 호피역(虎皮驛) 일대에는 비록 하세현(賀世賢)이 있고 청하

(淸河)와 무순(撫順) 일대에는 시국주(柴國柱)와 이광영(李光榮)이 있을지
라도 병사가 적은 데다 허약해서 오랑캐와 대적할 수가 없다. 내 생각
으로는 자네를 파견해 연변 일대에 물과 풀이 있는 곳에다 독약을 뿌
리려고 하니, 만일 적들이 쳐들어온다면 또한 싸우지 않고도 승리할
수 있는 책략일 것이다. 듣건대 자네가 지형에 대해서 잘 안다고 하니,
자네는 모름지기 힘들고 어렵더라도 피하지 말고 나라를 위해 공을
세우게."

모 도사(毛都司)가 머리를 조아려 두 번 절하고 말했다.

"소장(小將)이 바로 가겠습니다."

모 도사가 웅정필 경략의 관아를 나가자마자 심복들에게 비상(砒礵)
등 독약을 사오게 하여 북쪽으로 청하(淸河)와 무순(撫順)에서부터 진
강(鎭江)에 이르기까지 낮에는 숨었다가 밤이면 다니며 무릇 물과 풀
이 있는 곳에 모두 독약을 묻어놓고는 누르하치 군대가 오기를 기다렸
다. 적들이 진강에 이르렀을 때, 조선(朝鮮)이 진강 유격(鎭江遊擊) 대광
유(戴光裕)에게 자문(咨文: 공식 외교문서)을 보내어 누르하치가 조선을
공격할 뜻이 있다고 하자, 대광유 유격이 이로 말미암아 모 도사(毛都
司)와 함께 두 사람이 서로 지형을 살피고 말했다.

"진강(鎭江)은 요양(遼陽)과 심양(瀋陽)의 왼팔에 해당하고, 조선과 등
주(登州)·내주(萊州)의 목구멍에 해당하며, 금주(金州)·복주(復州)·해
주(海州)·개주(蓋州)의 문호에 해당하니, 모름지기 병력을 더 추가하여
조선과 협공해야 한다."

그리고 삼원(三院)에 문서로 보고하였다. 모 도사(毛都司)는 이미 진
강(鎭江)이 요충지임을 알았고 진강의 허실도 죄다 알고 있었다. 일을
마치고 회답하면서 웅정필 경략은 모 도사에게 상을 후하게 내렸다.
과연 누르하치의 소수 정탐 기병이 연변에 왔다가 모두 중독되어 기후

와 풍토가 맞지 않은 것으로 여기고 감히 깊숙하게 대거 침입하지 못했으니, 웅정필 경략의 기묘한 책략이었고 모 도사가 용맹하게 일을 처리하였다고 볼 수 있다. 웅정필 경략은 일찍이 지원 장수[援將]들의 노고를 보고한 상소문에서 그를 추천하여 말했다.

> 철기(鐵騎) 군영의 관리에 도사(都司) 직함이 더해진 모문룡(毛文龍)은 서적들을 내버리고 말타기와 활쏘기를 익혀서 오랑캐를 멸하는 데에 뜻을 두어 관전(寬奠)과 애양(靉陽)을 방어하였습니다. 무릇 오랑캐 땅에 있는 산천의 험준한 지형을 환히 꿰뚫지 않음이 없었고, 병가(兵家)에서 공격하거나 수비하는 법과 기습하거나 당당히 공격하는 법도 정통하지 않음이 없었으니, 실로 무관 가운데 계략과 식견과 담력과 능력이 있는 자를 어찌 많이 얻을 수 있겠습니까? 응당 실직(實職)으로 도사(都司)를 제수하여야 합니다.

웅정필 경략은 또 병력을 지탱할 수 없을 정도로 군량이 계속 보급되지 않았기 때문에 여러 사람의 의견을 따라 온 힘을 다해 요양(遼陽)을 지키기로 하였다. 대자하(代子河: 太子河)의 물을 성의 해자(垓子)로 끌어들일 수 있고, 또한 지류(支流)가 있어 방죽을 쌓아 물을 막으면 감돌아 흐르게 할 수 있을 것으로 보고는 웅정필 경략이 병사들을 감독하여 이끌고 거느려서 새로 방죽을 쌓았는데, 모 도사(毛都司)는 모두 맨 먼저 소용되었다. 우물쭈물 겨울을 보낸 뒤, 웅정필 경략이 날씨가 온화해지고 군량도 어느 정도 족하였기 때문에 말했다.

"지난 날 개원(開原)과 철령(鐵嶺)을 함락했던 누르하치 군대가 이미 떠났는데도 우리 군사들이 가서 지키지 않아 도리어 서로(西虜: 몽골)에게 점령당하여 방목지가 되었다. 또한 지금 심양(瀋陽)은 단지 적은 병력으로 수비하고 있을 뿐이니 요양(遼陽)의 방패로 삼을 수 없을까 염려스럽다."

심양(瀋陽)을 회복한 뒤 성곽을 증축하고 해자[池壕]의 물길을 막은 퇴적물들을 말끔히 파내었다. 해자 밖 아름드리나무의 가장귀를 베어다가 서로 뒤엉키게 하여 3층에서 5층 높이의 울타리를 만들었으니, 이번에는 심양을 지킬 수 있는 형세를 갖추었다. 요양과 심양에서는 지킬 만하다는 것이 대세이어서 병사들로 하여금 점차 바싹 적의 소굴에 더 가까이 다가가도록 하여 적들에게 진군하려는 뜻을 보였으나, 적들이 다시 대담하게 쳐들어왔다. 그래서 우선 때때로 서찰을 보내 도장(道將)들에게 주어 그들의 충의(忠義)를 고무하고 그들로 하여금 병사들을 잘 보살피고 병장기를 잘 정비토록 하여 수비를 빈틈없이 견고하게 하였다. 또 표하군(標下軍: 친위부대) 좌익영(左翼營)의 유격(遊擊) 진윤(陳倫)이 군사 업무를 처리하지도 않고 군사들을 보살피지도 않으며 술을 마시고서 창기와 잤기 때문에 경계하여 타일렀지만 변함이 없었다. 어느 날 그가 푹 빠졌던 창기(娼妓) 전사아(田四兒)를 성에서 내쫓았더니, 진윤이 또 제멋대로 좌익영(左翼營)을 나가서 창기와 놀아났는데, 웅정필 경략이 크게 화가 나서 즉시 창기를 잡아 진윤과 함께 관아에 오게 하고 또 사람을 시켜 그의 임시처소를 수색하게 하였다. 웅정필 경략은 그래도 그를 죽일 의향은 없었지만, 임시처소에서 그가 군량을 축내어 가지고 있던 은 원보(銀元寶) 52개를 포함해 모두 3,242냥을 뒤지어 찾아내었고, 또 그의 집에서 온 편지를 보니 은(銀) 5천여 냥을 반송한 것이었는데, 조사하건대 매월 도망가거나 죽은 자 때문에 결원이 된 300인 분의 양식을 모두 그가 가로채 거두었던 것이고, 또 초소마다 핍박해서 하정(下程: 뇌물)을 취하여 매월 350냥씩 모았던 것임을 알았다. 웅정필 경략이 크게 노하여 그의 목을 베어 사람들에게 보여주었다. 그리하여 부하 장관(將官)들은 어느 누가 감히 군사 업무에 주의하지 않고 다시 감히 군량을 가로채려고 하였으랴.

6월 4일, 웅정필 경략이 요양과 심양의 대세가 이미 안정되었음을 보고는 또 국경 지역의 성보(城堡)를 순시하여 곧바로 증축하거나 개축하게 하였다. 봉집보(奉集堡)에서 출발하여 그 다음날 위녕해(威寧海)에 도착하였는데, 온통 산길이라서 바위를 오르며 고개를 넘었고 산골짜기의 구불구불한 개울을 지나느라 군사들은 말에서 내려 걸어갔고, 웅정필 경략도 걸어서 애양(靉陽)과 관전(寬奠)에 이르렀다. 그리고 압록강(鴨綠江) 일대를 따라서 곧장 진강성(鎮江城)까지 갔다. 다시 험준한 산의 옛 변방에 이르러 협하(夾河)를 건너고 봉황산(鳳凰山)을 넘어 당나라 때 막리지(莫利支: 고구려의 으뜸벼슬) 개소문(蓋蘇文: 연개소문)의 군대가 주둔했던 곳을 찾아갔고, 또 진이보(鎮夷堡)를 향해 갔다. 오래 전에 누르하치의 간세(奸細: 첩자)가 이를 보고하기 위해 오랑캐 진영으로 들어가니, 이영방(李永芳)이 함께 의논하며 말했다.

"경략이 변방을 순찰하면, 요양과 심양은 필시 비어 있을 것이다."

이영방이 마침내 12일에 날래고 용맹한 장정 3만여 명을 통솔하면서 자신은 황산(黃傘)을 펼치고 용기(龍旗)를 들었는데, 한 부대는 동주(東州) 지방의 모래땅을 따라 돌진해 곧장 봉집보(奉集堡)로 접어들어 그곳에 머무르고 있던 하세현(賀世賢) 총병의 인마를 견제해 그로 하여금 감히 심양(瀋陽)을 구원하지 못하도록 하였으며, 다른 한 부대는 무순관(撫順關)을 따라 진군해 곧장 심양을 침범하였다. 뒤쪽에서는 또 4만여 명의 많은 달자(韃子: 몽골)들이 구름사다리와 구간(鉤竿: 창날의 양 끝에 날이 있는 창)을 싣고서 다가왔다. 마침 심양은 새로 웅정필 경략의 수축을 거쳤고, 성안에서는 또 형(邢: 邢愼言) 분수장(分守將)이 양(梁) 유격 등을 인솔하고 수비하여 또한 견고하였다. 웅정필 경략이 진이보(鎮夷堡)에 있었는데, 보고를 듣자마자 영기(令旗)와 영전(令箭)을 보내어 하세현(賀世賢)과 시국주(柴國柱) 두 총병에게 적을 맞도록 하니, 두 총병은 캄캄한 한밤중에 말을 달려 백여 리를 가서 진동보(鎭東堡)에 당도해 조치하였다. 이쪽의 하세현 총병은 부장(副將) 마승선(麻承宣)에게 한 부대의 병력을 거느리고 돌아가 심양(瀋陽)을 지키도록 한 뒤, 자신이 군대를 이끌고 혼하(渾河)의 연안에까지 뒤쫓아 가서 심양에 침범했던 적군을 대거 죽였는데, 사다리와 애패(挨牌: 진영 앞에 세워 화살을 막는 방패) 등 삼천여 남짓을 탈취하였고 오랑캐의 머리를 베어 죽였고 오랑캐 말을 탈취하였으며, 포로가 되었던 사람과 가축을 구해낸 것은 그 수를 헤아릴 수가 없었다. 시국주 총병은 또 자신의 병마를 이끌고 곧바로 소첨산(小尖山)과 유조채(榆條寨)에 당도해 누르하치와 대적하면서 봉집보(奉集堡)의 사람과 말을 약탈하고 또한 수많은 오랑캐의 목을 베자, 누르하치 군대는 할 수 없이 철군하여 갔다. 웅정필 경략이 심양에 당도해 전공(戰功)을 세운 장수와 군사에게 후하게 상을 내렸다. 그리고 가까운 곳만 정탐한 무순 유격(撫順遊擊)을 결박해 40대를 때리고 정이 좌영(靖夷坐營)을 결박해 40대 때리고 천총(千總) 요참(饒斬)을 결박해 100대를 때리고는 그들로 하여금 책임지고 공을 세우도록 하였다. 웅정필 경략 자신은 병으로 인해 코피를 쏟았으나 진동보(鎭東堡)로 돌아갈 때가 되었기 때문에 말을 몰아 급히 가다가 말 등에서 기절해 땅에 쓰러져서 반나절이 지나서야 비로소 깨어났다. 16일, 요양(遼陽)에 도착해 병가를 냈으나 황제가 윤허하지 않아 할 수 없이 병을 애써 견디며 일을 처리하였는데, 순무사(巡撫使) 주영춘(周永春)이 또 부모상을 당하여 고향으로 돌아가는 바람에 웅정필 경략이 혼자 힘으로 지탱해야 하였다. 다행히 7월 사이에 새로운 황제[光宗]가 등극하여 특별히 내탕고(內帑庫)의 은(銀) 100만 냥을 풀어 군사들에게 음식을 먹이고 상을 주도록 보내니 군대의 사기가 크게 떨쳐졌다.

8월 중순에 웅정필 경략은 적군이 굶주림에 빠져 있음을 알고서 이 윽고 부장(副將) 우세공(尤世功)에게 천장(川將: 사천병의 장수) 주세록(周 世祿)·토사(土司) 팽종경(彭宗卿)과 함께 맥자산(麥子山)에 있으면서 순 찰하라고 하였으며, 자신은 심양(瀋陽)으로 가서 진수(鎭守: 든든하게 지 킴)하였는데 이는 편하게 하세현 총병이 출병하여 구원할 수 있도록 하기 위함이었다. 다시 봉집보(奉集堡)에 이르니, 21일에 포성이 있었 다고 전해 들었고 누르하치의 군대 수만 명이 포하(蒲河)를 포위하고 있다는 보고를 받았다. 이에 웅정필 경략은 바로 설수도(薛守道)를 시 켜 봉집보를 지키게 하고 자기는 갑옷을 입고 말에 올라탄 채로 부장 (副將) 이병성(李秉誠)을 독려하여 가서 구원하자고 하였다. 막 가려는 사이에 또 심양(瀋陽)이 포위되었다는 보고를 받자, 다시 사천(四川)의 토병(土兵) 주세록(周世祿)을 시켜 미리 가서 구원토록 하였다. 도착했 을 때는 마침 적군이 북문을 공격하려는 즈음이었는지라 해자[城壕]에 서 화포가 일제히 발사되었는데, 웅정필 경략의 중군(中軍) 주(朱: 朱萬 良) 부총병(副總兵)이 즉시 각 장수들을 독려하여 거느리고 전진하여 적을 베어 죽였다. 웅정필 경략은 이미 병사들을 독려하여 포하(蒲河) 를 포위하고 있던 누르하치 군대를 무찔러 흩어지게 하였으며, 또 몸 소 조(趙: 趙率教) 부장(副將)과 나(羅: 羅一貴) 참장(參將)을 거느리고 나 서자 각 병사들이 호응하였다. 이에 누르하치의 군대는 회산(灰山)으 로 물러나 지켰는데, 웅정필 경략은 또 친히 회산 아래에 가서 병사들 이 공격하는 것을 독려하였다. 누르하치 군대는 나오지 않다가 23일 캄캄한 한밤중이 되어서야 몰래 석비산(石碑山)과 탑아욕(塔兒峪)으로 나가 두 곳에서 경계를 넘었다. 웅정필 경략은 석비산의 험준함과 누 르하치가 복병(伏兵)을 잘 쓴다는 것을 알았기 때문에 명령을 전하여 군사를 돌리도록 하였다. 이윽고 심양에 이르러, 장수와 군사들에게 큰 상을 내리고 오랑캐가 다시 침범하는 것을 막도록 단단히 당부하였다. 이 전쟁은 만약 경략이 오가면서 싸우기를 독려하지 않았다면 어느 누구가 전심전력하였겠는가. 웅정필 경략은 요동에 있으면서 마음을 수고로이 했을 뿐만 아니라 힘도 다했다.

임금의 은혜 막중함을 생각노니	爲念君恩重
백전의 어려움을 어찌 사양하랴.	何辭百戰艱
곧장 오랑캐 말로 하여금 모두	直教胡馬盡
음산을 건너지 못하게 하리라.	不敢度陰山

공무를 감독하는 것과 전쟁을 독려하는 것은 아관(衙官)이나 비장(裨將)도 하고자 하는 바가 아니거늘 진실한 마음으로 나라의 이익을 도모하는 자가 아니라면 어찌 이와 같겠는가. 이 사람은 이제야 어디서 왔는가, 어디서 왔는가!

온통 진실한 마음으로 나랏일을 맡으면서 깐깐하고 고집이 센 것으로 이름났지만, 일찍 그의 주소(奏疏: 상소문)와 서독(書牘: 편지글)을 읽었더니 사람으로 하여금 눈물짓게 하였다.

제7회

경략 신하를 바꾸자 재앙이 생겨 요동이 무너지고,
투항 오랑캐 거두었더니 심양을 뒤엎고자 꾀하다.

易經臣禍產亡遼, 收降夷謀疎覆瀋.

강토 안에 봉화의 연기가 잠잠해지자 | 疆宇烽煙息
조정에서는 헐뜯는 논의가 생겨났네. | 巖廊議論生
애비의 글만 읽고도 명성을 쉬이 떨치니 | 父書名易起
헐뜯으면 비방을 뉘라서 밝힐 수 있으랴. | 遺矢謗誰明
기겁이 대신하여 새로이 상장군이 되자 | 騎劫新持鉞
창평 전단은 일찌감치 물러나 밭 갈았네. | 昌平무退耕
가련타 연나라의 현도 땅에는 | 卻憐玄菟地
어지러이 깃발이 펄럭이며 가득하구나. | 擾擾滿干旌

　무슨 일이든지 지금까지 가서 담당하는 자가 있으니 일을 맡은 자
[任事]라 하고, 계획하고 협의하는 자가 있으니 일을 논하는 자[論事]라
한다. 이 '논사'는 매우 쉬우니 몸을 그 일 밖에 두고서 자신의 견해에
의거하거나 다른 사람의 말을 듣거나 하여 입에서 나오는 대로 설득하
면 되는 것이다. 그러나 저 '임사'는 매우 어려워서 한 가지 일을 맡으
면 미리 의지할 수도 없고 나중에 그 짐을 미룰 수도 없으며, 뜻밖에
한 무더기의 일을 만나 왼쪽으로 불러도 응답이 없고 오른쪽으로 불러
도 오지 않을 때에는 참으로 스스로 마음 아파하고 자신의 분수를 분

명히 알고서 스스로 결말을 짓고 스스로 해결해야 할 것이다. 만약 일을 스스로 처리하지 않고 다른 사람을 따라 하면 수완 있는 사람의 온갖 의론은 접어두더라도 모두 따라할 수가 없을 것이나, 설령 따라한 일에서 공이라도 세우면 곧 "내가 그를 대신해서 도모한 것이다."라 해야 할 것이고, 따라한 일에서 실수라도 하면 곧 또 "그를 전적으로 따르지 말아야 했다."고 하며 잘못을 그의 탓으로 돌리면서 자신의 책임을 회피할 것이다. 만약 본분을 굳게 지켜 마음이 안정되어 홀로 그가 옳다고 여기는 일을 행하는 자라면, 도리어 또 그를 자만하여 완고하게 남의 충고를 받아들이지 않고 마치 바람을 잡고 그림자를 잡는 것 같다고 하면서, 그를 비방하여 조정의 일을 망쳤다고 하며 자기의 선견지명을 크게 드러낼 것이다.

　웅정필 경략은 요동(遼東)에 일 년 남짓 있었는데, 비록 크게 적을 베고 잡은 공이 없었고 또 가끔씩 손실이 있었을지라도, 당시 오랑캐가 쳐들어왔을 때 요양의 백성들은 되레 도망하려고 하였지만 이때까지도 굳게 심양(瀋陽)에 머무르고 있었으며, 당시 장관(將官)들은 전장에 나갔다가 소문만 듣고도 먼저 도망갔고 도신(道臣)들은 백성들을 위로하여 어루만지다가 눈물을 뿌리며 전장으로 가지 않았지만 이때까지도 심지어 굳게 지킬 의지가 있었으며, 당초 10여만 명의 정예병으로 오랑캐의 손에 패배하였지만 이때까지도 오늘은 심양에서 오랑캐를 대적하고 내일은 포하(蒲河)에서 오랑캐를 막거나 죽였는데 봉집보(奉集堡)를 지키거나 호피역(虎皮驛)을 지키거나 청하(淸河)와 무순(撫順)을 지키거나 관전(寬奠)・애양(靉陽)・진강(鎭江)을 지키거나 하면서 도리어 성을 보수하고 참호를 파기도 하며 나물을 캐고 말을 먹이기도 하였다. 더군다나 언제나 순찰하여 군사들의 마음을 살피고 언제나 찾아내어 체포해 간세(奸細: 첩자)를 근절하는 것은 요동 전체에서 벌어진 하나의 광경이었다. 저 참된 마음으로 일을 하는 자는 응당 사사로운 정이 없을 수 있지만, 사도(司道)가 일을 맡으려 하지 않는 자라면 당연히 일을 맡도록 다그치고, 장관(將官)이 싸우고 지키는 것에 마음을 쓰거나 군사들을 보살피는 일에 마음을 쓰지 않는 자라면 응당 그에게 마음을 다하도록 요구하여 위엄을 가하지 않을 수 없을 것이다. 하물며 군사를 요구하기 위해 여러 차례 아뢰는 글을 올리면서 그가 군사를 재촉했는데도 병부에서 머뭇거렸다고 하면 병부(兵部)가 원망하고, 군량을 요구하기 위해 여러 차례 아뢰는 글을 올리면서 그가 군량 운송을 제때에 하지 못했다고 하면 호부(戶部)가 원망하며, 병장기를 요구하기 위해 여러 차례 아뢰는 글을 올리면서 그가 병장기가 견고하고 날카롭지 못하다고 하면 공부(工部)가 원망할 것이고, 말[馬]들이 살찌지 않았다고 하면 복시(僕寺)가 원망할 것이다. 그리고 도망한 장수나 나약한 장수를 목 베면 도망하고자 하는 자가 반드시 그를 두려워하거나 괴이하게 여길 것이고, 탐욕스런 장수나 이욕(利慾) 탐하는 자를 목 베면 금전을 탐하는 자들은 반드시 그를 미워하거나 그를 비방할 것이다. 또한 서로 원수진 사람이 이미 많으면, 명성이 널리 알려지더라도 또 쉽게 실상과 어긋나게 된다. 더구나 나랏일로 좋지 않은 관계에 있는 자는 반대로 그가 일처리 하는 데에 태만한 것 같다고 여길 것이고, 그가 잘되기를 바라고 기대하는 것이 두터운 자는 반대로 그가 공을 세우는 데에 느리다고 여길 것이니 변호하지 않을 수 없는 것이다. 한번 논쟁에 이른 뒤에도 그에게 승부욕을 일으키게 하여 한층 더 잘못이나 실수를 찾아내 한 사람의 호소에 많은 사람이 호응하도록 하니, 반드시 그의 몸을 편안히 하지 못하게 하는 데 이르러서야 겨우 그치게 된다. 그러므로 이 당시 웅정필 경략에 대해 어떤 사람은 "병마를 제대로 훈련시키지 않은 데다 장령(將領)들을 제대로 배치하지 않았고, 인심을 친애하여 따르지 않고서 전적으로 공작을 펼치며 형벌로 위엄만을 가하여 여러 사람의 지혜와 능력을 묵살한 채 자신만의 지혜로 자기 혼자만 고생했다."고 하였다. 웅정필 경략이 생각하건대 역임한 이래로 공적은 있었을지언정 허물은 없었건만, 아뢴 것이 근거가 없으니 어찌 마음으로 복종할 수 있겠으며 어찌 변론하지 않을 수 있었으랴. 그러나 한번 변론한 뒤에도 당연히 떼 지어 일어나 한편으로는 8번이나 무모하였고 3번이나 황제를 기만했다고 하는 자가 있었고, 또 한편으로는 상방검(尙方劍)이 겨우 권위를 세우는데 이바지한 도구였다고 하는 자도 있었으며, 동시에 그가 요양(遼陽)을 파괴했다고 하는 자도 있었으니, 이를 미루어 보면 후세 사람들은 그가 오랑캐 말의 날뛰며 울어대는 소리를 듣고 두려움에 간담이 떨어진 인물로 여길 것이다. 웅정필 경략은 이미 병든 것을 핑계로 떠나기를 요청했는데, 이때 이르러 마침내 상방검을 바치고 사직하면서 또 실지 조사하여 자신의 속마음을 명백히 밝혀주기를 요구하였다. 이전에 황상은 사직을 만류하였는데, 이때에 이르러 저자 거리에 호랑이가 있다는 참언이 있었고 사람들의 말이 여러 번 되풀이되면 자애로운 어머니도 베틀 북을 던진다는 고사처럼, 그 후에는 웅정필이 고향으로 돌아가도록 허락했지만 뒤에 명백히 조사하여 죄과를 밝히지는 않았다.

앞서 이미 원응태(袁應太)를 승격시켜 요동 순무사(遼東巡撫使)를 삼았고 이때 또 승격시켜 경략을 삼자, 웅정필 경략은 기패(旗牌)와 책권(冊卷)을 있는 그대로 원응태 순무사에게 주었는데, 또 상소문을 올려 그 당시 양호(楊鎬) 경략으로부터 자리를 물려받았던 것과 이때에 원응태 경략과 교대한 것을 아뢰었다. 인민, 성보(城堡), 병마, 봉급, 병장기, 서로(西虜: 몽골), 노적(奴賊: 여진족) 등 일마다 모두 경략으로서 전투의욕을 고취하려고 역설해 온 것이고, 모두 경략으로서 잠자는 것도 밥 먹는 것도 잊고 노심초사 처리한 것이며, 모두 경략으로서 몸소 일을 맡아 손수 계책을 세워 준 것입니다. 또 일찍이 감군(監軍)을 보내 여러 장수들과 상의하여 그해 겨울에는 무순(撫順)에서 병력을 과시하고 다음해 봄에는 각 방면의 병력 6,7만 명과 3개 주둔 군영(軍營)을 무순성(撫順城) 아래에 옮겨서 주위를 병거(兵車)로 에워싸고 목성(木城)으로 둘러쌓아 적을 5,60리 앞에 두고 마주해 피차 버티고자 했습니다. 별도로 모병(毛兵: 모문룡의 군대)과 절병(浙兵: 절강성 군대)을 파견해 관전(寬奠)과 애양(靉陽)으로 나가고 천병(川兵: 사천성 군대)과 토병(土兵)을 파견해 청하(淸河)로 나가 소탕하도록 한 후에 초항기(招降旗)를 세우고 역적을 사로잡은 자에게 주는 상 규정을 내걸면, 한두 달을 넘지 않아 반드시 내응(內應)이 있게 마련이라 모든 군중(軍中)의 이동식 군막과 쇠솥 등은 이미 여러 장수들에게 은밀히 처리하도록 알려졌을 것입니다. 이것이 교대하는 방략(方略)이었습니다. 또 스스로 이것을 집안에 비유하자면 재물을 훔치고 약탈하면서 집을 불 지른 자가 있어 담장과 집안 벽, 세간살이와 재물, 하인들을 불 지르고 약탈하여 다 없애버리면, 주인은 이리저리 떠돌아다니며 빌어먹으면서 힘들게 생활을 이어가며 가까스로 견디다가 한 집안의 재산을 이루게 되는데, 역시 재산의 덕을 누리려고 하면 공교롭게도 집안이 편치 못하게 되어 집안사람들이 항상 병이 나고 관청의 송사와 무고에 얽혀 죽게 되니 스스로 집을 버리지 않을 수 없는데도 달리 갈 데가 있겠습니까. 또 지난 몇 년 동안 조정에서 논의하였지만, 군대의 이러한 실정을 전혀 모르면서 다만 적에 관한 보고가 급한지 그렇지 않은지에 따라 싸우거나 지키거나 했습니다. 신임 경략을 위해 신(臣)이 염려하는 것은 대성(臺省)의 간언(諫言)에 따라 다시는 군대를 징집하여 여러 변경을 비워서도 안 되며 두 번 다시 물자를 긁어모아 허비하여 나라 안을 비워서도 아니 될 것이니, 이렇게 하면 요동은 반드시 간언한 자의 손에 잃게 될 것입니다. 또한 호부(戶部)와 병부(兵部)와 공부(工部)의 전례에 따라 공문으로 재촉하고는 모르는 체 한다면 요동은 반드시 각부(各部)의 손에 잃게 될 것입니다. 신임 경략을 위해 신(臣)이 염려하는 것은 군대를 징발함에 병부는 단지 한 통의 자문(咨文: 공문)을 가지고 문을 나서는 것만으로 자기의 일을 마쳤다 여기고, 성(省)과 진(鎭)에서는 단지 노약자들을 뽑아 변경으로 보내는 것만으로 자신의 일을 마쳤다고 여긴다면, 비록 다시 18만 병력을 증강해도 또한 쓸모 없는 일일 것입니다. 신임 경략을 위해 신(臣)이 염려하는 것은 지방의 일을 마땅히 지방관의 말을 듣고서 행하되 흉한 지방을 처리해야 하는 무거운 임무를 감당할 때면 스스로 이리저리 변통하여 원만하게 처리하면서 긴급한 일은 책임지고 처리할 것이지, 어찌 사람들의 마음을 어지럽히는 문서의 내용대로만 수습하고 하나도 듣지 않아 바로 인심을 분노케 할 것인가입니다. 금제(禁制)를 위반하여 군사를 무너지게 하는 지경에 이른 것은 대장(大將)의 일이고, 자질구레한 손실과 약탈은 은닉의 유무를 떠나 도장(道將: 將領)의 일인데도, 모두 경략만을 질책하고 논의하여 살피지 않으니 문신(文臣)들은 너그럽지 못한 것입니다. 신임 경략을 위해 신(臣)이 염려하는 것은 경략을 위했다면 신(臣)은 그만두었을 것이나 이것을 봉강(封疆: 국경)을 위한 염려와 나라를 위한 염려로 여겼기 때문입니다. 웅정필은 북경(北京)을 지나면서 주본(奏本)을 갖추어 이렇게 사례하니, 고향으로 돌아가 처분을 기다리겠습니다.

명망이 높아도 의심이 원래 많고	望重疑原重
공업이 많아도 중상이 절로 많네.	功多讒自多
돌연히 경국제세의 수완을	頓將經濟手
던져 버리고 산야로 돌아가네.	棄擲歸山阿

이때 원응태(袁應泰) 경략이 부임하여 실무를 보았는데, 역시 한번 크게 분발하고자 무순(撫順)은 총병(總兵) 하세현(賀世賢)·이병성(李秉誠)·장양책(張良策)·우세공(尤世功)·주만책(朱萬策)·동중규(童仲揆) 등 6명과 감군(監軍)에서 부사(副使) 장신언(張愼言)·고출(高出) 등 2명을 등용해 병사 5만 명으로 방어하여 지키게 하고, 청하(淸河)는 총병 후세록(侯世祿)·양중선(梁仲善)·강필(姜弼) 등 3명과 감군에서 부사 우유요(牛維曜)를 등용해 병사 3만 명으로 방어하여 지키게 하고, 관전(寬奠)과 애양(靉陽)은 총병 유광조(劉光祚)와 감군에서 호가동(胡加棟)을 등용해 병사 2만 명으로 방어하여 지키게 하고, 요양(遼陽)은 총병 유공윤(劉孔胤)을 등용해 부병(部兵) 1만 명으로 방어하여 지키게 하였다. 그 나머지 심양(瀋陽)과 포하(蒲河)는 각기 병사 1만 명씩 주둔시키고 봉집보(奉集堡)는 병사 7천 명을 주둔시켜서 총병 기병충(祁秉忠)으로 하여금 지휘하며 감독하게 하였다. 서로 연관되어 조응하는 것이 극히 상세하고 치밀하였으며, 군사와 병마 및 병장기들이 매우 뛰어나고 강하였다. 이에 누르하치가 웅정필(熊廷弼) 경략이 사임하고 원응태 경략이 새로 부임해 온 것을 탐지하고 갑자기 수만 명의 군사를 동원하여 봉집보(奉集堡)로 돌격하자, 고출(高出) 감군에 의해 지휘를 받는 군사들이 화기(火器)를 물 흐르는 것처럼 끊임없이 쏘아댔다. 비록 누르하치의 날래고 용맹스러운 병사들과 군마들을 공격하여 손상을 입히지는 못했지만, 누르하치가 몰아쳐 와서 새로이 항복시킨 요동의 백성들로 채워진 선봉 부대의 수백 명을 이미 공격하여 죽였다. 또한

주만책(朱萬策) 총병이 거느린 병사들이 누르하치의 후방을 습격하고 개원도(開原道) 최유수(崔儒秀) 부사(副使)가 또 군사를 이끌고 와서 지원하니, 일대에 자욱한 먼지가 하늘을 가리자 누르하치는 마침내 퇴각하여 되돌아갔다.

　그런데 앞서 웅정필 경략은 엄격하고 철저하여 항복한 오랑캐가 있으면 모두 각 군대에 분배하여 한 곳에 모여 있지 못하게 하였고, 또 장관(將官)을 남몰래 보내어 수색하도록 해 만약 의심할만한 자가 있으면 간세(奸細: 첩자)라 하여 그 자리서 베어 죽였지만 그 죽이는 일이 워낙 비밀스러워 사람들은 항복한 자를 타살한 것인지조차 알지 못했으니, 단 한 명이라도 간세가 될 수 없었다. 어쨌든 원응태 경략은 천성이 인자했는데, 그는 오랑캐가 가난해서 우리에게 투항하여 왔는데 만일 죽이면 나중에 투항하러 올 사람의 마음을 저지하는 것이라고 생각하였다. 하세현(賀世賢)이 또 말했다.

　"항복한 오랑캐 중에는 용맹하여 힘닿는 대로 싸우려는 자가 많으니, 그들의 용맹을 거두어 오랑캐로써 오랑캐를 공격하게 하는 편이 낫습니다."

　이 때문에 항복해 온 오랑캐를 모두 거두었지만 지방마다 나누어 배치하지 않고 요양과 심양의 성중에 그대로 남겨 두었다. 또 그들의 마음을 얻으려고 그들이 성안에서 강간과 약탈을 해도 심하게 제지하지 않자, 민심이 매우 달가워하지 않았고 도리어 성안에는 이미 간세(奸細: 첩자)들이 숨어 있었다.

　2월 11일이 되어서 문득 보니, 누르하치가 각 왕자 및 동양성(佟養性)과 이영방(李永芳) 등 약 5,6만 명의 군대를 이끌고서 운제(雲梯: 공격용 긴 사다리)와 구간(鉤竿: 창날의 양 끝에 날이 있는 창)을 갖고 있었는데, 11일 한밤중에 혼하(渾河)를 건너 12일에 곧바로 심양(瀋陽)까지 쳐들어왔다. 각 돈대(墩臺)에서 모두 신호포(信號砲)를 쏘고 봉화(烽火)를 피우자, 경략이 침략 사실을 알고서 한편으로는 봉집보(奉集堡)의 장수와 군사들에게 본보(本堡)를 굳게 지키도록 하고, 또 한편으로는 진책(陳策)과 동중규(童仲揆) 두 장군을 앞으로 가서 구원하도록 독려하였다. 이때 심양(瀋陽)은 웅정필 경략이 앞서 관리하였는데, 성 주변에 두 겹의 해자[城壕]가 있어 물을 끌어다 둘러싸고 그 해자 안에 포차(砲車)를 촘촘히 설치하고는 하세현(賀世賢) 총병과 우세공(尤世功) 총병이 적이 쳐들어온다는 것을 들으면 병사들을 해자에 따라 배치하였다가 적이 백 보의 거리에 쳐들어온 방향으로 화포(火砲)를 쏘고 성위에서는 총포(銃砲)를 쏘도록 명령하였었다. 누르하치는 일찌감치 이를 대비하였는데, 모두 대여섯 치의 두께로 된 큰 판자를 애패(挨牌: 진영 앞에 세워 화살을 막는 방패)로 삼아 선두에서 칸막이처럼 가려 총포를 막았고, 그 후미에는 한층 더 궁전수(弓箭手: 활을 쏘는 군사)를 배치하였고, 그 후미에는 짐수레[車子]에 진흙을 싣고 참호를 메우게 하였고, 수레 뒤에는 철기(鐵騎)가 있었으니 바로 송나라 때 금나라 군대가 사용했던 철부도(鐵浮圖)이었다. 군사와 말들이 모두 철갑(鐵甲)을 단지 두 눈만 남기고 둘렀는데 창과 화살이 급박한 상황에서도 능히 뚫지 못하니, 다만 나무판자를 든 부대가 화포를 감당하고 지나가기를 기다렸다가 우리 명나라 병사들이 화약을 다시 장전하는 틈을 타서 그들은 화살을 어지러이 쏘아서 우리의 병마(兵馬)를 죽이고 그들을 막지 못하도록 하였다. 그 다음에는 진흙으로 참호를 메웠는데, 메워지면 곧바로 철기들이 돌진해 갔고 운제(雲梯: 공격용 긴 사다리)와 구간(鉤竿: 창날의 양 끝에 날이 있는 창)을 지닌 병사들이 뒤따라 성을 공격하였다. 마침 하세현(賀世賢)과 우세공(尤世功) 두 총병이 병사들을 통솔하여 성 위와 성 아래에서 화포를 교대로 쏘아대자, 누르하치의 병사들이 성에 가까이다가올 수가 없었고 피차간 모두 몇 사람만이 다쳤다.

이쪽에서는 원응태 경략이 후세록(侯世祿) 총병을 파견해 적군의 소굴을 무찔러 그들을 놀라게 하여 뒤를 돌아보도록 하려 했으나 꾸물거리다가 제때를 놓치고 말았다. 주만책(朱萬策) 총병과 강필(姜弼) 총병이 2만 명의 병사를 이끌고 성을 떠나 10리쯤 와서 군영을 차린 뒤 감히 앞으로 나오지 못했다. 유격 주돈길(周敦吉)이 병사들을 거느리고 혼하(渾河)를 건너 심양(瀋陽)과 안팎에서 서로 호응하여 누르하치를 협공하자고 요청했지만, 진책(陳策)과 동중규(童仲揆) 총병이 또 기꺼이 하려 하지 않았다. 심양은 끝내 구원병이 없었다.

이보다 앞서 어사(御史) 장전(張銓)이 심양을 순안(巡按)하였는데, 성 안에 투항한 오랑캐가 많이 모여 있는 것을 보고 요새에 간세(奸細: 첩자)가 있을 것으로 여겨 누르하치 군대가 성에 가까이 오면 필경 이 사람들을 따로따로 성 밖으로 내보내고 성 안에는 한 명도 남겨두지 말라고 분부하였다. 이때 하세현 총병 말했다.

"그들을 성안에 격리시켜 놓으면 도리어 소식을 들을 수 없지만, 만약 성 밖으로 내보내놓으면 군사 기밀을 누설하기가 용이합니다. 그들을 그대로 두고 다만 병사를 시켜 순찰하도록 하면 근심이 없을 수 있습니다."

애써 10여 일을 지켰는데, 누르하치 군대가 명나라의 구원병이 없는 것을 보고 군대를 나누어 급습하였다. 이상도 하게 화약이 오취총(烏嘴銃)과 불랑기(佛郎機)를 연달아 쏘았기 때문에 열이 올라서 반대로 폭발하는 바람에 누르하치 군대를 쳐부수지도 못하고 도리어 자기를 쳐부수었으니 놀라 혼란스럽지 않을 수 없었는데, 누르하치의 군대가 이 틈을 타고 흙으로 참호를 메우며 곧장 동문(東門)으로 향하였다. 이에 하세현(賀世賢)과 우세공(尤世功) 두 총병이 또 장수와 병사들에게 성 아래서 오랑캐들을 마구 죽이라고 분부하였는데, 뜻밖에도 바깥쪽에서 오랑캐 병사들이 함성을 지르자 안쪽에서 투항 오랑캐들이 일제히 고함을 지르며 일어난 데다 여러 곳에서 불까지 나니, 명나라 병사들은 곧 전투에 대한 미련이 사라졌다. 한 무리의 누르하치 병사들이 맨몸에 칼을 들고 머리에 투구만 쓴 채였는데 극히 용맹스러워 혼란한 틈을 타서 몸을 날리듯 날쌔게 성위로 뛰어올라 와서 성을 지키고 있던 명나라 병마들을 마구 베었고, 성 아래에는 투항 오랑캐들이 이미 동문(東門)을 부수고 열어놓아 누르하치 군대가 대거 진입하였다. 하세현(賀世賢)과 우세공(尤世功) 두 총병이 이미 구제할 수 없는 사태임을 알고서 몇 안 되는 패잔병들을 거느리고 서문(西門)으로 쏜살같이 빠져나갔으나 어디로 갔는지 행방을 알지 못한다. 웅정필 경략이 노고도 마다하지 않고 원망도 두려워하지 않으면서 성을 쌓아 천신만고 끝에 온 성의 백성들을 모았거늘, 단지 10여 일만에 누르하치에게 내주었으니 몹시 아까운 일이었다. 누르하치는 또 도리어 많은 군량과 병장기들을 얻어서 봉집보(奉集堡)를 침공해왔고 요양성(遼陽城)까지 병합하였으니, 어찌 더 한스럽지 않을 수 있으랴! 바로 그러하다.

구원 끊겨 고립된 성 지탱할 수 없어 한탄노니　　援絶孤城嘆不支
얼마나 많은 고혈로 오랑캐를 배불려야 하나.　　幾多膏血飽胡兒
도리어 그 당시 경영자를 생각하나니　　　　　　却思當日經營者
혼하에서 바빠 침식을 잊었을 때이로세.　　　　拮据渾忘寢食時

　웅정필 경략이 교체되면서 올린 상소를 읽노라니 충정의 직언과 허다한 심혈로 자신이 경영(經營)한 것을 서술하였다. 상소문은 다른 사람이 적에게 점령당한다는 것을 분명히 했는데 멀리 내다봄이 제 손금을 보듯 훤하였다. 결국 그 말이 징험되었으니 어째서이겠는가. 그러나 더욱 한스러운 것은 그의 몸을 견제하여 하동(河東)을 잃었고, 또 궁리하여 그의 몸을 헛되이 붙잡아 두어서 하서(河西)까지 잃었다는 것이다.

유서상(劉庶常)이 말했다.

"오늘날의 사람들이 시야는 매우 좁고 모함의 말은 극히 많아 일이 속수무책의 지경에 이르렀다가 일이 평정되면 의론이 바람 일 듯이 격렬하게 일어나는데, 의론이 일어나면서 화란(禍亂)이 일어나는 법이다. 바로 웅정필 경략을 내쫓고 원응태 경략을 등용한 일이다."

제8회

장전 시어사는 적을 꾸짖으며 순절하고,
하정괴 최유수 두 어진 이는 살신성인하다.

侍御罵賊殉節, 兩賢殺身成仁.

들판의 바람에 놀라고 | 野風驚
늘어진 해가 참담하니 | 胡日慘
전쟁터 구름에 시름겹네. | 陣雲愁
밤은 깊어만 가는데 | 聽夜深
오랑캐 피리소리 유유하네. | 羌管悠悠
고립된 성이 에워싸였는지라 | 孤城繚繞
머리 들어 둘러보니 온통 창검일러라. | 擧頭一望滿戈矛
구원병 오느냐 묻지만 | 爲問援師
어느 곳에 있단 말인가. | 何處也
북소리가 변경엔 한갓지네. | 鼓冷邊頭
노여움은 풀기가 어려워 | 怒難平
눈썹이 서로 싸우고, | 眉半閧
애간장 굽이굽이 서려 | 腸九折
두 줄기 눈물이 흐르네. | 淚雙流
필사적으로 이 몸은 | 拚此身
오랑캐 추장 머리 부수리라. | 碎首氈裘
되레 슬퍼하고 되레 한스럽노니 | 還悲還恨
삼한이 함락되었지만 | 三韓失陷
누구에게 부탁하여 되찾게 하랴. | 倩誰收
몸도 죽고 성도 무너졌으니 | 身亡城覆
구천에 간다 한들 | 向九原
오히려 스스로에게 수치스럽네. | 猶自貽羞

이상의 곡조는 《금인봉로반(金人捧露盤)》이다.

항간에 '국경을 지키는 신하가 마땅히 국경을 지키다가 죽어야 한다.'는 말이 있다. 단지 조정에서 이 지방을 나에게 백성들을 어루만지면서 지키고 순찰하도록 맡기거나, 혹 진수(鎭守)하고 수비하도록 맡겨서 온전히 한 지방을 나에게 주는 것이기 때문에 마땅히 완전한 한 지방을 조정에 돌려주어야 할 것이다. 그러므로 보존되면 같이 보존되고 망하면 함께 망하는지라, 구차하게 살려고 해서 위로 조정의 부탁을 저버리고 아래로 자신의 명예와 절조를 저버리지 않아야 바야흐로 기남자(奇男子) 또는 열장부(烈丈夫)라 할 것이다. 하물며 우리 조정은 또 죽기로써 국가에 대한 절개를 지킨 신하를 야박하지 않게 대우했으니, 곧 요동(遼東)에서 죽은 인물들인데 청하(淸河)·무순(撫順)에서 죽은 총병 장승윤(張承胤)에게 시호를 내리고 3단의 제사를 지내도록 하였으며 사당을 세우고 정충(旌忠)이라는 편액을 내렸다. 네 방면으로 전쟁터에 나갔다가 죽은 유정(劉挺: 劉綎)에게는 좌도독(左都督)과 소보(少保)를 추증하였으며, 왕선(王宣)에게는 좌도독과 소보를 추증하고 아들 한 사람을 음직(蔭職: 조상의 덕으로 하는 벼슬)으로 본위 지휘첨사(本衛指揮僉事)를 세습하도록 하고 시호를 내리고 사당을 세워 제사를 지내도록 하고 장사(葬事)를 거행하도록 하였으며, 두송(杜松)에게는 소보와 좌도독이 추증하고 아들 한 사람을 음직으로 본위정 천호(本衛正千戶)를 주었고 사당을 세워 제사를 지내도록 하고 장사를 거행하도록 하였으며, 조몽린(趙夢麟)과 마림(馬林)에게는 원직(原職)을 회복하도록 허락하고 품계를 2등급 올려 추증하고 올린 2등급은 세습하도록 하여 사당에서 조상과 함께 제사하도록 하였으며, 반종현(潘宗賢: 潘宗顔의 오기)에게는 광록정경(光祿正卿)을 추증하고 아들 한 사람을 음직으로 금의위 백호(錦衣衛百戶)를 세습하도록 하고 시호를 내리고 사당을 세웠으며, 동이려(董爾勵)와 장문병(張文炳)에게는 안찰사 첨사(按察使僉事)를 추증하고 아들 한 사람을 음직으로 입감독서(入監讀書)를 주었고 사당에서 조상과 함께 제사하도록 하였다. 그 나머지 죽은 사람들에게는 모두 관직을 추증하고 음직을 주었다. 이처럼 조정이 죽은 사람들을 예우한 것은 다시금 족히 산 사람들을 격려한 것이니, 어찌 나랏일에 죽지 않고서 도리어 달아나 숨은 것만을 트집 잡아 국법으로 죽일 리가 있었겠는가.

심양(瀋陽)이 점령되자 군인과 백성들이 도망쳐서 뿔뿔이 흩어졌다. 보고가 이르자, 주돈길(周敦吉) 유격이 대노하여 말했다.

"우리들이 능히 적을 죽여 심양을 온전하게 구원하지 못한다면, 조정이 우리를 길러 어디에 쓰겠으며 우리들이 3년 동안 이곳에 있으면서 무엇을 했단 말인가!"

장수들이 모두 분하여 몹시 성내었는데, 석주 토관(石砫土官) 진방병(秦邦屏)이 말했다.

"적군이 지난번에는 개원(開原)과 철령(鐵嶺)을 공격해 빼앗은 뒤에 모두 술에 잔뜩 취하고서 떠나갔소. 이번에 심양을 빼앗은 뒤에도 끝장에 가서는 그렇게 할 것이오. 우리들이 어찌하여 그들을 공격해 죽여서 사기가 떨어져 돌아가게 하지 않는단 말이오!"

그리고는 진방병이 바로 자기 부대를 이끌고 혼하(渾河)를 건너 앞서서 가자, 주돈길(周敦吉) 유격도 병사들을 지휘하여 함께 나란히 갔는데, 다만 총병 척금(戚金)과 장명세(張名世) 두 사람이 남아 하남(河南)에 군사를 주둔시키고 뒤에서 지원하기로 하였다. 많은 병사들이 겨우 혼하를 건널 수 있었는데, 뜻밖에도 누르하치가 이번에는 이전과 같지 않게 다만 노약자들을 남겨 심양(瀋陽)을 지키게 하고는 그 나머지 정예병들이 모두 심양에서 약탈한 화기(火器)를 가지고 요양(遼陽)을 향해 쏜살같이 진격해 양쪽에서 맞이하도록 하였다. 진방병 토사(土司)와 주돈길 유격 두 사람은 용맹을 떨치며 베어 죽였는데 누구나 할 것 없이 일당백(一當百)이 되어 맨 먼저 3천여 명의 적들을 베어 죽였으니, 누르하치 군대가 물러났다가 다시 전진한 것이 3번이었다. 누르하치는 군사가 많아 번갈아 가며 싸웠으나, 남병(南兵: 명나라 군대)은 하루 종일 대전을 벌이느라 굶주리고 지쳐서 적군이 몰아온 철기병에게 짓밟혔으니 어찌하겠는가. 진방병 토사(土司)와 주돈길 유격이 비록 죽기 살기로 베어 죽인 적이 많았지만 끝내 적은 수효로 많은 적을 대적할 수가 없었다. 장신무(張神武)가 더 있었는데, 그는 전세가 이미 패하였음에도 불구하고 물러나려 하지 않으면서 주돈길 유격에게 말했다.

"웅정필 경략이 나나 너를 알아보고 발탁하신 마음을 저버리지 말라!"

그리고는 부하 8천여 명을 거느리고 필사적으로 싸웠으나 오문걸(吳文傑) 등 4명과 함께 모두 살해되어 전쟁터에서 죽었다.

협객의 뼈 황량한 들판에 버려져서	俠骨委荒阡
몸은 죽었지만 명성은 절로 온전했네.	身殘名自全
위험에 직면해서도 오히려 한을 품었으니	臨危猶抱恨
비린내 오랑캐를 죄다 일소 못한 것이라.	未盡掃腥羶

각 장수의 부하들과 장신무(張神武)의 병사 8천여 명이 장신무와 같이 죽기를 원하여 혼하를 건너려고 하지 않았다. 그 나머지 패잔병들은 포위망을 뚫고 절강 군영(浙江軍營)으로 도망해 들어갔다. 장명세(張名世) 총병이 군대를 거느리고 혼하구(渾河口)에 있다가 적들을 공격하기 위해 혼하를 반쯤 건넜을 때, 저 누르하치 군대가 이미 비바람이

혼하를 건너듯이 쳐들어왔다. 이에 영채(營寨)에 있던 척금(戚金) 총병이 함부로 행동하지 말고 화기(火器)를 쏘라고 분부하였다. 영채 밖은 땅이 넓어서 화기들을 쏠 때면 누르하치 병사들이 사방으로 흩어졌지만, 그들이 심양(瀋陽)의 포차(砲車)를 끌고 와서 공격했을 때 영채 안은 도리어 피할 수가 없었다. 피차간에 서로 몇 차례 교전한 뒤, 남병(南兵: 명나라 군대)의 화기도 다 떨어지고 영채도 이미 부서졌다. 척금 총병이 말했다.

"서로 싸우세."

장명세 총병도 바로 많은 군사들을 독려하여 단패(團牌: 방패)와 장창(長槍)과 낭선(狼筅)을 휘두르며 일제히 어지럽게 싸웠는데, 싸운 지 4시간에 이르자 그들의 화기(火器)를 감당할 수가 없어서 전부 패몰하였다.

경략이 이를 알고 황망히 영전(令箭: 군령을 전하는 화살)을 전해 봉집보(奉集堡)의 군대를 철수하여 성 아래에 나뉘어 주둔하고서 요양성(遼陽城)의 공격을 막도록 하였다. 아닌 게 아니라 누르하치가 병마를 이끌고 온 산과 들을 가득히 뒤덮고서 쳐들어와 사리포(四里鋪)에 도착하였다. 원응태 경략이 황망히 후세록(侯世祿)·이병성(李秉誠)·양중선(梁仲善)·강필(姜弼)·주만책(朱萬策) 등 5명의 총병으로 하여금 분산해 제각기 적을 맞아 싸우도록 독려한 뒤, 자기는 성 밖에 있는 군영(軍營) 안에서 숙직하고 장전(張銓) 어사(御史)를 남겨 병사들을 독려해 성을 지키도록 하였다. 19일과 20일에 양쪽에서 대거 싸웠는데 서로 승패가 뒤섞여 승부가 나지 않았다. 뜻밖에도 21일에 누르하치 군대가 마침내 포차(砲車)를 동산(東山)에 마련된 영채(營寨)에다 가설하자, 원응태 경략이 동성(東城) 밖에 포진하고 화기(火器)에 불을 붙여 적들에게 쏘았는데 맞아 죽은 사람들은 도리어 누르하치가 몰아쳐온 각 고을에 있던 보(堡)의 백성들이니, 비록 많은 화기를 허비하고 허다한 정력을 지치게 했지만 누르하치의 군대에게 조금도 손상을 입히지 못했다. 그들은 또 병력을 나누어 한 부대로 하여금 곧장 작은 서문(西門)을 공격하게 하자, 원응태 경략은 성안에서 때맞춰 구원하지 않을까 두려워하여 황망히 물러나 성으로 들어갔지만 5명의 총병들은 도리어 성밖에 떨어져 있어서 수비하는 것을 도울 수가 없었다. 경략은 할 수 없어 각 감군(監軍)을 성 밖으로 나가게 해 이 장관(將官)들을 다그쳐 반반씩 나뉘게 하였으니, 절반은 오랑캐의 본영을 공격하게 하여 뒤를 돌아보게 함으로써 전력으로 성을 공격하지 못하도록 하고, 나머지 절반은 성 아래로 가서 성을 공격하는 적군의 병마를 막게 하였다. 이보다 앞서 감군(監軍) 우유요(牛維曜) 부사(副使)가 쏜살같이 나와 작은 남문(南門)에 도착하자, 누르하치 군대가 혼하(渾河)를 사이에 두고 화살을 쏘아댔다. 이 때문에 우유요 부사는 화살에 맞아 강물에 떨어졌으나 따르던 병사의 도움으로 말에 올라타 빠져나올 수 있었는데, 끝내 서둘러 병사들이 공격해오지는 않았다. 동서의 두 문에는 이미 달자(韃子: 몽골)들이 가득하였고, 운제(雲梯: 구름다리)가 이미 성 아래로 접근했기 때문에 화기(火器)를 쏘려했으나 이때 이미 화약이 충분하지 않았다. 원응태 경략이 이런 상황을 보고서 장전(張銓) 어사(御史)에게 말했다.

"나 원응태는 능력이 부족한데도 외람되이 경략이 되어 나라를 위해 손바닥 만한 땅이라도 수복하지 못하고 도리어 나라의 진(鎭)을 두 개나 잃었으니, 무슨 면목으로 성상(聖上)을 뵐 수 있겠는가. 다만 성(城)과 존망을 함께할 뿐이다. 유독 안신(按臣: 장전을 가리킴)은 변경을 맡은 책무가 없으니 그런 대로 패잔병을 수습하여 하서(河西)로 물러나 지키다가 태연히 죽더라도 그 명성은 썩지 않으리라!"

장전 어사가 말했다.

"망하면 함께 망하는 것이니 어찌 혼자만 살 까닭이 있겠습니까? 우선 굳게 지키다가 외부의 도움을 기다립시다."

장전 어사는 여전히 수도(守道) 하정괴(何廷魁)와 감군(監軍) 최유수(崔儒秀)와 함께 성을 나누어 막으며 지켰다. 유시(酉時: 오후 5시~7시)가 되었을 때 작은 서문(西門)에서 갑자기 불이 일어났는데, 누르하치의 군대가 벌떼처럼 성으로 올라왔고 성안에서는 간세(奸細: 첩자)들과 죽을까 두려워한 한 무리들이 또 문을 열고 항복하여 맞이하니, 원응태 경략은 곧 동루(東樓)로 도망쳐서 칼을 뽑아 자신의 목을 찔렀다.

절월은 외람되게도 천자의 총애이로거늘	節鉞叨天寵
계책은 부끄럽게도 적들을 막지 못하네.	無謀愧折衝
감히 몸 바쳐 한번 죽기를 사양하랴만	敢辭身一死
애오라지 신하로서의 충성 권할 뿐이라.	聊以勸臣忠

장전(張銓) 어사 그는 기필코 죽으리라 스스로 맹세하고 천천히 걸어 성을 내려오니, 일찌감치 적병들에 의해 빽빽이 둘러싸여 말에 태워져 누르하치를 알현하였다. 장전 어사는 조금도 두려워하는 기색이 없이 누르하치를 향해 말했다.

"누르하치야! 나는 천자 조정의 어사(御史)이니 단연코 항복할 리가 없는데 어찌하여 속히 나를 죽이지 않느냐?"

그리고는 곧바로 분하여 꾸짖기를 멈추지 아니 하였다. 누르하치가 말했다.

"사내대장부로다! 당분간 그를 찰원(察院)에 돌려보내라."

그리고는 동양성(佟養性)과 이영방(李永芳) 두 사람을 불러 그를 권유해 투항시키도록 하였다. 장전 어사는 두 사람이 나라에 충성하지 않고 배반한 것을 꾸짖고 또다시 심하게 욕설을 퍼부으며 죽기를 원하니 끝내 누르하치에 의해 살해되었는데, 죽을 때까지도 꾸짖기를 여전히 그치지 않았다.

이가 뽑히더라도 수양성을 부러워하고　抉齒羨睢陽
마음이 굳세어져 백번 불린 쇠이로다.　心堅百鍊剛
이제부터 역사서에 오를 터이니　從今靑史上
천년 동안 아름다운 이름이 함께하리라.　千載共名芳

하정괴(何廷魁) 수도(守道)가 성이 이미 함락된 것을 본 뒤 나는 듯이 말을 타고서 관사(官舍)로 뛰어들어 두 명의 애첩(愛妾)과 두 명의 딸을 보고서 말했다.

"성은 이미 함락되었는데, 구차하게 살아남아 누르하치의 손에 더럽혀져서는 안 된다."

두 애첩이 말했다.

"첩들은 이미 한번 죽기로 결단하였으니, 단연코 몸을 욕되게 하지 않을 것입니다."

마침내 화원에 있는 큰 우물로 달려가서 4명이 잇달아 우물 속으로 빠져 죽었다. 하정괴(何廷魁) 수도(守道)도 대궐을 향해 4번 절하고 우물 가로 가서 뛰어들었다.

첩을 죽이려는 뜻 펴기도 전에　未伸殺妾志
일찌감치 굴원의 마음을 품었네.　早蓄屈平心
어찌 이것이 경양궁 우물이랴만　豈是景陽井
그 수치가 아직까지도 남아있네.　貽羞直到今

감군(監軍) 최유수(崔儒秀) 부사(副使)가 원응태 경략이 이미 죽었다는 소문을 듣고 한탄하여 말했다.

"성을 지키는 책임은 똑같이 있거늘, 내 어찌 홀로 살겠는가!"

도사(都司: 요동도사)에 달려 들었지만 사방을 둘러봐도 사람이 없자, 바지를 매던 허리띠를 풀어 도사의 대청 위에서 스스로 목을 맸다.

아, 흉노의 목을 맬 방법이 없어	嗟無術繫匈奴頸
돌연히 긴 끈으로 이번 생을 마쳤네.	猛把長纓了此生
신하 도리, 임금 은혜 다 저버리지 않았으니	臣節君恩兩無負
삼한은 그래도 아름다운 이름을 기리리라.	三韓猶自頌芳名

성 바깥에 있던 각 총병(總兵)과 각 감군(監軍)이 성안에서 불이 일어나는 것을 보고 성이 함락된 줄 알았지만 능히 구원하지 못하고 제각각 흩어졌다. 그런데 웅정필(熊廷弼) 경략이 영기(令旗: 군령을 전하는 깃발)로 불러들였거나 평소에 어루만지고 안정시켰던 백성과 상인들 수십만 명은 병부(兵部)와 극력 논쟁하며 말할 것이다.

"문서상으로는 군대가 있지만 요동에 실제로 군대가 없는 주병(主兵)과 객병(客兵) 13만 명, 다시 불러들인 관직 떠난 이나 석방된 죄인이나 남쪽으로 격문을 돌리고는 북쪽에서 취한 자로 장수가 될 재목 수백 명, 예전과 같이 새로 징수하기 위해 성상(聖上)께 아뢰고 호부(戶部)에 요구하여 백성들의 고혈을 짜내도록 다그쳐 마련된 향은(餉銀) 89만 6천 냥, 내탕고(內帑庫)에 자문(咨文)을 보내어 요구해 만든 200근 대포 수백 개, 백근과 7,8십근 포 3천여 개, 백자포(百子砲) 몇 천 개, 삼안총(三眼銃)과 조취총(鳥嘴銃) 7천여 개, 투구와 갑옷 4만 5천여 개, 전차 4천 2백 개, 칼과 창 2만 4천 개, 활 5천 개, 화살 41만 개, 가래와 괭이 9천 개, 쇠바퀴·화인(火人)·화마(火馬)·화추(火錐) 십만 개, 곡괭

이와 방패는 셀 수 없는데, 모두 누르하치의 손에 들어가고 말았다."

저 누르하치는 도리어 동양성(佟養性)에게 서병(西兵)을 귀순시키도록 하였으니, 귀순자 1인당 정착금 은(銀) 3냥을 주고 그들의 머리를 깎이고는 심양(瀋陽)에서 출발하는 육왕자(六王子: 阿巴泰) 부하들의 출정에 종군하게 하였다. 또 이영방(李永芳)에게는 성에 들어가 백성들의 의복과 재물을 약탈하도록 하여 그 자리에서 그를 따라 요양(遼陽)을 공격했던 서로(西虜: 몽골)들에게 나누어 주게 하였다. 25일과 26일, 성안에 사람들이 많아지자 변고가 생길까 염려되어, 원래 촌보(村堡)에 예속되었지만 요양에 피신해 와 있던 백성들에게 각자의 촌둔(村屯: 동네)으로 돌아가도록 하였으며, 원래 요양에 살았던 백성들은 집집마다 5명의 남자가 있으면 3명을 징발하고 3명의 남자가 있으면 2명을 징발하여 수영군(隨營軍)으로 출정에 나서게 하였다. 대체로 객상(客商: 행상)들이 말하기를 저들은 결국 처자식이 없어 도망하려 할 것이니, 모두 장차 죽을 자들로 적어도 4,5만 명은 될 것이라고 하였다. 하루가 지나서는 또 성안에서 생김새가 뛰어나고 비상한 자이거나, 관리 또는 생원으로 기꺼이 종군하려 하지 않을 자들을 가려 뽑아 그들로 하여금 남쪽으로 돌아가도록 한 뒤, 두목 한 명을 서문(西門) 밖에 앉혀두고서 차례로 이름을 점고하여 내보내 장차 죽이려 하였다.

이때 왕 수재(王秀才: 王一寧)가 있었는데, 요양(遼陽) 사람으로 극히 담력이 있고 매우 힘이 세었다. 또 6명의 아들을 두었는데 모두 능력이 있었다. 부자가 상의하여 말했다.

"어차피 죽을 것인데 싸우다가 성문 밖으로 나가면 좋고, 싸우다가 나가지 못해서 죽어도 늦지 않다. 설마 우리 부자 7명이 한 명도 도망갈 수 없다고 하겠느냐?"

부자들이 모두 칼을 차고 성문 주변 가까이까지 가서 칼을 뽑아 곧

베기 시작하였다. 저 두목은 미처 손을 쓸 새가 없이 먼저 베여 쓰러졌으며, 그 나머지 부하들도 그의 아들에게 베어져 날아갔다. 왕 수재가 크게 외치며 말했다.

"중국에 돌아가려는 자는 모두 나를 따라 오라!"

단시간에 백성들 5,7백 명 이상이 모여 성문을 박차고 뛰어나갔다. 누르하치 병사들이 이를 알고 뒤쫓아 왔는데, 10여 리를 뒤쫓아 오면서 점점 가까워졌다. 왕 수재가 말했다.

"저들은 말을 타고 우리는 걷고 있는지라, 뛰어도 벗어날 수가 없으니 그들과 한바탕 싸우다가 구사일생으로 살아나는 편이 좋겠소."

그리고는 여러 사람들에게 고함지르지 못하게 하였는데, 그 부자와 똑같이 죽는 것을 두려워하지 않는 사람들이 뜻밖에도 모래사장에서 칼과 창을 줍고는 한번 치솟듯이 급히 돌아와 사람이든 말이든 상관치 않고 마구 베고 마구 찔렀다. 누르하치 병사들은 그들이 다시 되돌아와 틀림없이 죽음을 무릅쓰며 싸울 것을 알고 도리어 모두 말머리를 돌려서 도망쳐 돌아가다가 도리어 왕 수재에게 한바탕 쫓기게 되었다. 그런 후에 왕 수재는 백성들과 차차 하서(河西) 지방으로 들어갔다.

요양성(遼陽城) 부근에 있는 보(堡)들이 모두 누르하치가 군사를 보내어 섬멸할까 두려워하여 죄다 머리를 깎고 투항하기를 원했지만, 다만 동산(東山)에 있던 일군의 광병(礦兵: 향병)들은 투항하려 하지 않고 금주(金州)·복주(復州)·해주(海州)·개주(蓋州)의 4위(衛)가 모두 조정을 위해 굳게 지켰다. 누르하치가 투항한 운량통판(運糧通判) 황의(黃衣)에게 망의(蟒衣)를 하사하고는 머리를 깎고 가정(家丁: 친위 정예부대의 사병) 3명을 이끌도록 하고 그에게 말과 기병을 준 뒤, 그로 하여금 투항을 권유하도록 4위(衛)와 하서 지방에 파견하였다. 감군도(監軍道) 왕화정(王化貞)이 사람을 시켜 잡아오게 하여 그의 불충한 죄를 꾸짖고는 장차 베려 하였고, 아울러 그와 동행한 3명의 가정도 모두 머리를 베어서 길거리에 매달아 많은 사람들에게 보이도록 하여 하서 지방의 사람들이 잠깐이라도 굳은 의지를 가지게 하였다. 저 누르하치는 도리어 또한 만족할 줄 모르고 계속 욕심을 부려 그의 아들로 하여금 삼차하(三岔河)의 수심이 얕은지 탐문하게 보내면서 기회를 엿보다가 하서 지방을 빼앗도록 하였다. 다만 저 하서(河西)의 문인과 무인들이 그곳을 지킬 수 있을지 없을지 모르겠다.

주돈길(周敦吉)·장명세(張名世)·장신무(張神武)는 모두 지강(芝岡: 웅정필의 호) 웅정필(熊廷弼)의 소청(疏請)에 의해 수감된 죄수의 몸에서 풀려나 나라를 위해 쓰인 자로서 끝내 비분강개하여 적진에 나아가 살신성인하였으니, 영웅이 아니었으면 능히 영웅을 알 수가 있었겠는가! 심지어 문신 가운데 시어(侍御) 장전(張銓) 같은 이는 요양(遼陽)이 함락된 후에도 요양에서 오히려 사당의 제사를 받았으니 그의 충절은 그야말로 오랑캐조차 감동시킨 것이고, 하정괴(何廷魁)의 집안이 의(義)를 위해 목숨을 바친 것과 최유수(崔儒秀)가 위난(危難)에 직면해 피하지 않은 것은 구차하게 목숨을 보전한 수령이나 부화뇌동하며 어린 여자아이처럼 나약한 태도를 지닌 사람을 크게 부끄럽게 할 만하다.

제9회

서쪽 오랑캐 관대하여 동쪽 오랑캐 견제하고,
남위를 무마해 복종케 하여 서하를 강화하다.
款西夷牽東虜, 撫南衛固西河.

머나먼 변경에 오랑캐 피리소리 가득하니 | 絶塞滿胡笳
장군은 그 먼 곳에 대장 깃발을 세웠도다. | 將軍遠建牙
바다의 파도소리에 잇단 북소리 장려한데 | 海濤連鼓壯
숲의 그림자가 대장 깃발을 따라 기우네. | 林影逐旗斜
지모가 앞서니 어찌 우유부단 꺼릴 것이며 | 智勝何嫌寡
마음이 굳으니 옥을 잘게 부술 수 있으리라. | 心堅可碎瑕
이로써 요동 땅에서는 | 從玆玄菟地
장검으로 요망한 뱀을 죽이리라. | 長劍殲妖蛇

병법(兵法)에는 정병(正兵)이 있고 기병(奇兵)이 있는데, 당당한 진용(陣容)과 잘 정돈된 군기(軍旗)로써 전군(全軍)이 곧장 적진으로 나아가면 이것이 정병(正兵)이며, 5백 명의 병사가 빈 곳을 쳐서 목구멍을 조르고자 외딴곳에 배치하여 적군을 유리한 지점으로 이끌거나 날쌔게 달려들어 적군의 전후를 끊는다면 이것이 기병(奇兵)이다. 요양(遼陽)이 한번 함락되자 장수와 군사들이 도망가서 하서(河西) 땅덩어리는 단지 삼차하(三岔河)의 한 물줄기만 의지할 수 있었다. 그러나 이 강물의 너비가 70보에 불과하지만 강 연안은 160리인데, 만약 지키고자 한다면 어느 정도의 병마가 있어야 그곳을 지킬 수 있다. 하물며 연결한 배가 강을 건너는 곳에는 서평보(西平堡)가 있고 또 약간의 병사만 있으며, 심지어 유하(柳河)와 황니와(黃泥窪)의 두 얕은 곳은 누르하치 군대가 들어오는 것을 방어하는 곳인데도 병마가 없다. 지키기에도 부족하거늘 되레 어찌하여 적을 토벌할 정병(正兵)이라고 말할 수 있으랴. 단지 두 부대의 기병(奇兵)만을 의지하여 적군을 견제할 수 있으니, 한 부대는 서로(西虜) 초화(炒花) 등 24개 군영의 달자(韃子: 몽골)로 원래부터 광녕(廣寧) 바깥에 있었는데, 그들이 만약 귀순하면 마치 북관(北關)에서 늘 군사를 동원하여 서로 도와준 것 같이 광녕의 우익(羽翼: 세력)이 될 수 있어서 누르하치로 하여금 감히 광녕을 똑바로 볼 수 없게 할 것이다. 그러나 서로(西虜)는 성격이 끊임없이 변하여 마침내 금과 비단을 요구할 것인데, 그들에게 금과 비단을 주면 그들은 또한 분명히 순종한다고 말할 것이지만 마음속으로는 또 누르하치와 연결하고자 할 것이다. 비록 누르하치와 연결이 되지 않았을지언정 도리어 승패의 돌아가는 형편을 멀리서 바라보기만 하거나 쓸데없이 병마(兵馬)를 내어서 응전 잘하기로 이름나더라도 그들을 어찌할 수 없다. 다만 그들이 침범해오지 않고도 우리 병력을 분산시켜 우리로 하여금 제각기 대응하게 하니, 이것도 한 계책이다. 다른 한 부대는 금주(金州)·복주(復州)·해주(海州)·개주(蓋州)의 사위(四衛)이다. 누르하치가 요양(遼陽)을 함락시키자, 부근에 있는 보(堡)들이 모두 머리를 깎고 투항했지만 오직 동산(東山)의 광병(礦兵: 향병)들은 한종공(韓宗功)을 수령으로 추대하여 투항하지 않았다. 구련성(九連城)의 무(謬) 지휘와 4형제는 각기 집의 재산 1만 냥씩 내놓아 병력을 키우고 전마(戰馬)를 사들이고서 요양을 다시 회복하려고 의논하였다. 금주·복주·해주·개주의 사위(四衛)는 각기 굳게 지키는 것에 몰두하여 머리를 깎고 투항한 백성들이 성안으로 들어오는 것을 용납하지 않았으며, 모두 기꺼이 누르하치를 따르려 하지 않고 누르하치와 상대하여 공격해 죽이려 했으니 모두 충신이고 의로운 사람들이었다. 그 뒤에 광병(礦兵: 향병)들은 이영방(李永芳)이 군사들을 거느리고 불시에 습격해오자, 비록 총을 쏘아 이영방의 왼쪽 팔을 맞혔지만 도리어 그에게 사로잡혀 1만여 명이 죽었으니, 머리가 잘리고 배가 갈라졌으며 발이 없고 다리가 부러져 극히 참혹하고 잔인하였다. 그 나머지 병사들은 한종공(韓宗功)을 따라 조선(朝鮮)으로 도망갔다. 무 지휘(繆指揮)는 누르하치로부터 여러 차례 투항을 권유받았지만 따르지 않아 누르하치가 요동의 병마를 일으켜 섬멸할 때 죽었다. 이제 다만 사위(四衛)만 남아 인심이 아직 모두 누르하치에게 귀순하지 않았다. 그러나 삼차하(三岔河)를 사이에 두어 이러한 소식을 듣지 못하였기 때문에 반드시 연락을 하면 우리에게 이용될 수 있을 것이다. 감군(監軍) 고출(高出)이 일찍이 광녕(廣寧)을 서로(西虜: 몽골)에게 맡기자는 계첩(揭帖)을 갖춘 적이 있어서 우리의 군대는 전력을 기울여 산해관(山海關)에 주둔하였다. 동로(東虜: 요동 오랑캐)는 이와는 반대로 광녕(廣寧)에 관심을 두지 않았고 게다가 서로(西虜)를 바깥의 울타리로 삼았으며, 만약 광녕을 취하려 했다면 반드시 오랑캐끼리 서로 다툴 수밖에 없었고, 두 오랑캐가 서로 다투었다면 우리는 그들이 피폐한 틈을 노릴 수 있었다. 그러나 그들끼리 전쟁을 하지 않으면 조정의 수천 리 땅을 남에게 공짜로 준거나 진배없어 누르하치의 비웃음을 받기 십상이니, 오직 그들을 이간질하여 누르하치에게 이용될 수 없도록 하고 우리를 위하여 진력하도록 하는 것이 중요한 계책이었다. 그래서 광녕 감군(廣寧監軍) 왕화정(王化貞)이 서로(西虜)를 관대(款待)하자는 의견을 주창해 각 아문(衙門: 상급의 관아)에 계첩(揭帖)을 올렸던 것인데, 각 아문에서는 아직도 묘당(廟

堂)에 요양(遼陽)을 지원하는 것을 급하게 요구하면서 황실에 염려를
끼치는 데는 늦추고, 힘써 행할 수 있는 것에는 재빠르면서 지론(持論)
을 펴는 데에는 느슨하게 하였다.

　이때 조정은 먼저 주동몽(朱童蒙) 급사중(給事中)을 통해 웅정필(熊廷
弼)의 죄과를 조사하여 웅정필이 요동에서 공로가 있음을 알고는 기용
할 때를 기다리고 있었다. 요양(遼陽)과 심양(瀋陽)이 함락되자, 그를
병부상서(兵部尙書)로 기용하여 예전과 같이 경략(經略)으로 삼고 50일
안으로 북경에 가도록 한 뒤, 아직 도착하기 전에 먼저 감군(監軍)으로
승진시켜 순무(巡撫)로 삼아 하동(河東)의 업무를 처리하게 하면서 그
에게 서로(西路)를 관대(款待)하도록 하였다. 서로(西路)는 호돈토감(虎
墩兔憨: 몽골 39대 林丹汗)의 36개 군영과 초화(炒花) 바투[把兔: 칭호] 등
의 24개 군영이다. 이 달자(韃子)들은 종전에 누르하치를 따라가서 함
께 요양을 손에 넣었는데, 성을 무너뜨렸을 때 다만 그들에게 금백(金
帛) 세 수레만 주어졌기 때문에 그들은 충분하지 않다고 여겨 섭섭해
하며 틈이 생겼으니 힘을 다하지 않을 수 없기 마련이었다. 왕화정(王
化貞) 순무(巡撫: 요동순무)가 통관(通官: 통역관) 만리후(萬里侯)로 하여금
미리 가서 그들에게 말하도록 하니, 서로(西路)에게 긴요하지 않은데
도 누르하치를 따라가서 그 지역을 차지하였지만 누르하치가 오히려
차지해버렸고, 그대들은 약간의 금백(金帛)만을 얻었을 뿐 일찌감치
허다한 인마(人馬)를 잃었거늘, 이제 우리 조정의 노여움을 사서 무상
(撫賞: 명나라의 사례)을 끊는다면 작은 이익으로 인하여 큰 손실을 보는
것이라고 하였다. 초화(炒花)가 핑계 삼아 말했다.

　"누르하치를 돕는 사람은 십사해(十-思亥)로 나와는 아무런 관련이 없
소이다. 나는 조정으로부터 여러 해 동안 상을 받아왔으니, 마침 조정
을 위해 힘을 다하려던 참이었소이다."

만리후(萬里侯)가 돌아와 왕화정 순무에게 이 말을 아뢰었다. 1년분의 상(賞) 외에 3,600냥을 상으로 더 주고 그와 변방에서 칼을 교차하여 만든 문을 지나며 맹세하여 말했다.

"나는 다시는 누르하치와 통호(通好: 왕래하여 친분을 맺음)하지 않을 것이니, 만약 누르하치가 광녕(廣寧)을 침략하여 노략질한다면 그대는 군대를 동원하여 도와서 힘껏 싸울 것이로다."

호돈토감(虎墩兔憨: 몽골 39대 林丹汗)이 대두목(大頭目) 뇌모대(腦毛大)의 손자 상아사채(桑阿思寨)를 보내와 함께 누르하치를 죽이려 한다고 말하자, 왕화정 순무가 통관(通官: 통역관)을 시켜 그에게 말했다.

"너는 북관(北關: 해서여진의 예허부)의 사위로, 당시 조정이 북관에서 죽었다는 소식에 가련히 여겨 일찍이 2천 냥의 은자(銀子)를 너의 처자식에게 준 적이 있다. 네가 지금처럼 만일 나라를 위해 마음을 다하고자 나라를 대신하여 누르하치를 죽인다면 중국을 위해서일 뿐만 아니라 네 처가를 위해서도 복수를 하는 것이니, 이렇게 하여 중국은 더욱 후하게 상을 줄 것이다."

그는 왕화정 순무의 약속을 받아들여 1만 명의 병사를 이끌고 와서 전투를 돕겠다고 하니, 왕화정 순무는 그에게 2천 냥의 은자(銀子)를 상으로 주어 마른 군량(軍糧)을 마련하는 비용으로 쓰게 하였다. 초화(炒花)가 이를 알고서 또한 자신의 5대영(五大營)을 이끌고 와서 전투를 돕겠다고 하니, 그에게도 마른 군량을 마련할 비용으로 1만 냥을 주었다. 소알청(小歹靑)도 사람을 보내와 마른 군량을 마련할 비용으로 2천 냥의 은자(銀子)를 받아갔다. 모두 누르하치의 군대가 요하를 건너오면 곧바로 호응하여 협동 작전하기로 약속하였고, 만약 천병(天兵: 명나라 군대)이 누르하치를 토벌하여 섬멸하려 하면 모두 자신의 부대를 이끌고 와서 토벌에 종군하기로 하였다. 왕화정 순무는 다만 수만 냥

의 은자(銀子)로 각처의 서로(西虜)를 포섭하였는데 설사 도움을 받을
수 없을지라도 그들이 침입하여 소요를 일으키는 것을 피하였고, 잠
시 허장성세일망정 누르하치로 하여금 감히 깊이 침입하지 못하게 할
수 있었으니, 왕화정 순무는 이미 일찍 서로(西虜)를 관대(款待)하였던
것이다.

홀로 하서를 지키나 지원은 줄어드니　　　　獨守西河羽翼彫
금과 비단을 의지해 오랑캐 관대하네.　　　憑將金繒款天驕
정성 다하여 접견하니 오랑캐 복종하고　　　精忱會見蠻夷服
한번 바라보니 봉화가 만 리 길에 사라지네.　　一望狼烟萬里消

　또 이간책(離間策)을 쓰기 위해 이영방(李永芳)의 조카를 붙잡아 죽이
지 않고 그에게 서찰 1통을 주며 누르하치를 도모하도록 하고 일이
잘 되면 요양(遼陽)을 그에게 주어 영주(領主)로 삼겠다고 하였다. 그리
고 왕화정 순무가 그를 보내주자 요하를 건너다가 누르하치의 순찰병
에게 사로잡혔는데, 이영방이 수차례 변명해주었다. 그 뒤 이영방은
그가 침범하는 것을 막고 요동 사람을 함부로 공격하는 것을 막는 것
을 보고 의심하는 마음이 쌓여 거의 살해할 뻔하였다. 반란 장수인 낭
만언(郎萬言)이 누르하치의 군대 안에 있으면서 볼일 때문에 그의 조카
낭감(郎敢)을 찾았는데, 조카가 낭만언에게 가서 누르하치를 해치기로
약속하면 도와주겠다고 말하였다. 일이 누설되어 누르하치는 낭감을
죽이고 낭만언은 내쫓았다. 양우위(楊于渭)가 개주(蓋州)에 있을 때 서
로(西虜)가 포학하게 구는 것을 방조하자 개주위(蓋州衛) 소속의 각 관
아가 귀순하여 섬긴 것을 인하여 왕화정 순무가 홀로 유첩(諭帖)을 그
에게 주자 여러 벼슬아치들이 분한 마음을 품었다. 이 일이 누설되자,
누르하치는 양우위를 잡아들여 요양(遼陽)으로 돌려보낸 뒤 등용하지

않았다. 이것은 모두 누르하치의 심복들을 이간질한 것이다.

또 다시 생각하건대 사위(四衛)에서의 의로운 사람들은 모두 자신의 일도 잊고 집안의 일도 잊은 채 서로(西虜)를 따르려 하지 않았으니, 이러한 마음과 역량으로 마침내는 나라를 위하여 뭔가를 하려는 것처럼 보였다. 비록 죽을 사람은 죽고 달아날 사람은 달아났지만 아직 죽지 않고 달아나지 않은 사람들은 촌보(村堡)에 집결해 있거나 섬과 산림에 피해 있었다. 그래서 올바르고 마땅하게 그들을 충의로 북돋워 그들로 하여금 사위(四衛)와 연합하여 입술과 이가 서로 의지하듯 밀접한 관계가 되게 하면, 피차간 서로 마주보고 연해 지역 일대를 단단히 지킬 것이었다. 중국의 병력이 충족되기를 기다렸다가 발병(發兵)토록 해 요하(遼河)를 건너 곧장 요양(遼陽)을 취하면, 그들은 오히려 관전(寬奠)과 애양(靉陽)에서 출병해 누르하치의 노채(老寨)를 공격하거나 군대를 도와 요양을 공격할 것이니, 이것이 바로 기병(奇兵)인 것이다. 만일 중국의 병력이 부족하면 단지 광녕(廣寧)만을 지킬 수가 있었는데, 누르하치가 만일 망령되이 하서(河西)를 생각하여 군대를 동원해 요하를 건너려고 하면 마침내는 사위(四衛)가 출병하여 요양과 심양을 회복할까 두려웠고, 또한 서로(西虜)의 경병(輕兵: 가볍게 무장한 병사)들이 후방에 있다가 습격할까 두려웠으니, 이것이야말로 앞뒤에서 공격받을 수 있는 의각지세(犄角之勢)였다. 그렇지 않았다면, 어찌 조정을 잊지 않는 이러한 우리의 사람이 있었겠는가. 그러나 조정은 도리어 그들을 잊고 그들로 하여금 누르하치를 위해 모아들게 하는가. 그러나 이 문무관(文武官)들을 보자면 모두 칼을 무서워하고 칼날을 피하니 목숨을 아끼고 죽기를 두려워하는 인물들인데, 책략이 있는 사람은 도리어 이해타산의 생각이 몹시 밝지만 담력과 기백이 없었으며, 용기가 있는 사람은 또 데면데면하여 실수를 하고 임기응변할 줄 몰라

두려워하였다. 왕화정 순무가 한창 망설이며 결정하지 못하고 있을 때, 마침 모진남(毛振南: 모문룡)이 승진되어 왕화정(王化貞)의 표하군(標下軍: 친위부대)에서 유격(遊擊)으로 병력을 관리하였는데, 일을 인하여 나아가 만났다. 왕화정 순무가 한번 보자마자 말했다.

"이 사람은 바로 웅지강(熊芝岡: 웅정필)이 추천한 자로, 책략도 있고 용기도 있는데다 수단까지도 있다."

그리고는 유격 모문룡에게 할 이야기가 있다며 남아있으라고 분부하였다. 과연 여러 장수들이 모두 나가고, 유격 모문룡만 남아 기다리고 있었다.

광채를 숨기고 빛을 가린 지 20년	鑰彩埋光二十年
꿈속서 헛되이 연연산의 전공 생각네.	夢中空想勒燕然
오늘 아침 우연히 손양의 지우를 입어	今朝得遇孫陽識
만리 높은 하늘로 훨훨 날도록 맡기네.	萬里雲宵任遠騫

왕화정 순무는 모문룡 유격을 신변으로 부른 뒤 좌우의 사람들을 물리치고 말했다.

"내가 생각건대 지금 조정의 의론과 나의 주장은 모두 세 방면의 병진책(並進策)이다. 그러나 광녕(廣寧)은 요하(遼河)를 건너기만 하면 곧바로 요양(遼陽)을 취할 수 있지만, 천진(天津)은 반드시 바닷길을 경유하여야 하고 곧장 여순(旅順)을 취하고서 군대를 진격시켜야 하며, 등주(登州)와 내주(萊州)는 반드시 바닷길을 경유하여야 하고 곧장 진강(鎭江)을 통과하고서 조선(朝鮮)과 연합해야 누르하치의 소굴을 무찌를 수 있다. 저 두 방면은 모두 선박들을 이용해야 하는데, 만일 누르하치가 연해 지역을 차지하고 있으면 상륙하기에 형편이 좋지 않고, 상륙한 바에는 승리를 거두어 신속히 진군할 수 있어야 하는데 승리를 거두지 못하면 곧장 잠시라도 머물 처소가 없게 된다. 내 생각에 사위(四衛)를 수복하려고 하는데, 사위를 수복하면 광녕(廣寧)의 보거(輔車)가 되고 등주(登州)·내주(萊州)와 천진(天津)의 근거지가 될 것이다. 웅정필 경략이 자네를 추천하여 관전(寬奠), 해주(海州), 애양(靉陽)을 방어하게 한 것은 오랑캐 땅의 산천형세를 익히 알고 있어서일 것이니, 자네는 도량을 시험 삼아 그 일을 할 수 있겠는가?"

모문룡 유격이 말했다.

"누르하치는 요양과 심양을 함락시키고서 부하들이 간음하고 살육하고 약탈하도록 내버려 두어 참혹함이 너무나 심한지라 하늘과 사람들이 함께 분노할 정도였습니다. 그래서 호걸스런 사람들은 죽을지언정 따르려하지 않았고, 광병(礦兵: 향병)들은 조선(朝鮮)으로 달아났으며, 남쪽의 사위(四衛)는 군인을 성 주위에 둘러놓고 스스로 지키면서 누차 패했어도 누차 일어날망정 적에게 항복하려 하지 않았습니다. 비록 적에게 항복했더라도 어쩌면 적군의 위세에 쫓기어 마지못해 따르는 것이지, 기회를 엿보아 벗어나거나 유리한 형세에 내응하려는 생각을 꼭 가지고 있을 것입니다. 급히 수습해야 할 것은 피차간 연합하여 요양의 남쪽에서 상대하기가 만만찮은 적으로 활동해 광녕(廣寧)의 지원세력으로서 등주(登州)와 천진(天津)의 선봉이 되는 것입니다. 만약 지체되어 동양성(佟養性)과 이영방(李永芳) 두 역적놈이 군대의 위력으로 협박하면 사위(四衛)를 단번에 잃어 하동(河東) 모두가 누르하치에게 속할 것이니, 큰일을 이룰 기회가 물 건너가는 것입니다."

왕화정 순무가 말했다.

"바로 그러하다. 내가 급히 무마하여 복종시키려고 하지만, 그러나 서로(西虜)의 기병들이 마음대로 거침없어 아무도 감히 가려는 사람이 없으니, 자네가 기꺼이 나라를 위하여 힘을 다할 수 있겠는가?"

모문룡 유격이 말했다.

"저 문룡은 매번 행진할 때마다 한 목숨을 바쳐 나라에 보답하려 했습니다. 만약 도야(都爺: 좌부도어사 웅정필)께서 맡겨주신다면 곧 목숨을 내걸고 범이 사는 굴이든 용이 사는 못이든 아무리 위험한 곳이라도 들어가서 도망자들을 불러 모아 충의로써 연합하여 사위(四衛)를 지키겠습니다. 지금 누르하치의 군대 안에 있는 투항 장수들도 모두 저 문룡과 알고 지내던 사이인데, 저 문룡이 아직 그들을 불러 오게 할 수 있으니 누르하치의 심복들을 내부에서 무너지게 하면 됩니다."

왕화정 순무가 그의 말을 듣고 크게 기뻐하며 말했다.

"그것 참 기발한 착상이니 성공하면 큰 공적이로세. 자네가 만약 해내면 훗날 제후(諸侯)로 봉하고 토지를 나누어 주는 것을 조정이 절대로 변함없을 것이네. 다만 자네가 병마(兵馬), 돈과 군량(軍糧)을 얼마나 필요로 하는지 모르겠네."

모문룡 유격이 말했다.

"이 일은 하려면 모름지기 은밀해야 하니, 어찌 많은 사람을 쓸 수가 있겠습니까! 옛날에 반초(班超)는 36명으로써 서역(西域)을 평정하였는데, 저 문룡의 부하로 본래 결사대 200명이 있고 그 가운데에 책략에 뛰어난 자나 대응에 능란한 자가 있으니 이들을 써도 충분합니다. 병마나 군량도 반드시 많을 것까지는 없으며, 많아도 또한 번거로울 수가 있습니다. 그러나 조선(朝鮮)과 사위(四衛)는 서로 가까운지라 요즈음 조정에서 양지원(梁之垣) 감군(監軍)을 파견하여 미리 가서 선유(宣諭)하게 하였는데, 만일 그가 서로(西虜)의 앞잡이가 아니라면 도리어 도야(都爺: 좌부도어사 웅정필)께 자문(咨文) 1통을 보내주도록 간청할 것이니, 그에게 원병을 보내어 남위(南衛)와 협공해야 합니다. 심지어 영웅들을 분발하게 하고 호걸들을 거두어 장려하려면, 사유를 쓰지

않은 도야(都爺: 좌부도어사 웅정필)의 차부(箚付: 공문서) 수백 통을 다시
금 얻어야 할 것이니, 저 문룡의 말을 들으시고 편의대로 일을 처리하
십시오."

　왕화정 순무가 하나하나 다 받아들여 남위(南衛)에 공무로 오갈 수
있는 패문(牌文: 증명서)을 종이 한 장에다 작성하고 아울러 자문(咨文:
하급 아문의 문서)과 차부(箚付: 상급 아문의 문서)를 보내면서 또 식량을
포상으로 모문룡 유격에게 주어 떠나게 하였다. 모문룡 유격이 출발
할 때가 되자, 왕화정 순무가 분부하여 말했다.

　"하동(河東)을 회복하는 것은 이번 거사에 달려 있네. 부디 조심하고
만일 기회를 엿볼 수 있거든 즉시 보고서를 보내게."

　모문룡 유격이 말했다.

　"조정의 위엄과 도야(都爺: 웅정필)의 엄명을 우러러 받들어 이번 가
는 길에 반드시 사위(四衛)와 연합해 반항자들을 불러 모아 단연코 명
을 욕되게 하지 않겠습니다."

　왕화정 순무에게 고별한 뒤, 부하 200명의 결사대를 거느리고 요동
으로 갔으니, 이러하다.

　　수비(守備): 소기민(蘇其民)·정문례(丁文禮)
　　천총(千總): 장반(張盤)·진충(陳忠)·왕보(王甫)·장계선(張繼善)·향학례(向
　　　學禮)
　　파총(把總): 장원지(張元祉)·허제(許悌)·왕승란(王承鸞)·우경화(尤景和)·
　　　모승록(毛承祿)·왕호(王鎬)·여일학(呂一學)·장괴(張魁)
　　가정(家丁): 유계조(劉繼祖)·관양동(官養棟)·장득화(章得化)·양춘(楊春)·
　　　정유공(定有功)·홍문귀(洪文貴) 등

　광녕(廣寧)을 떠나 함께 오던 인민들이 도망쳐서 뿔뿔이 흩어지는

처량한 광경은 눈뜨고 볼 수가 없었고, 게다가 물가에서도 잠자고 바람 맞으며 식사해야 하는 천신만고를 견뎌야 했다. 고평역(高平驛)을 따라 사령(沙嶺)을 지나서 5월 11일에야 서평보(西平堡)에 도착해 수보도사(守堡都司) 왕표(王表)를 만나 남위(南衛)에 공무로 파견되었음을 설명하였다. 왕표 도사가 말했다.

"개주 유격(蓋州遊擊) 양우위(楊于渭)가 이미 누르하치에게 투항했다는 소식을 듣고서 집집마다 병사를 차출해 요양(遼陽)으로 보낸 뒤에 연해 지역을 지키도록 하고 백성들이 섬으로 달아나 들어가는 것을 불허했으니, 이번 가는 길은 대부분 막혔을 것이오."

모문룡 유격이 말했다.

"하관(下官: 자신의 겸칭)이 이번에 가는 길은 스스로 상황에 따라 대처할 수 있으니 단연코 중지할 리는 없을 것입니다."

왕표 도사가 곧장 사람을 시켜 가서 배를 구하도록 하니, 이틀 동안 4척의 민간 선박을 구할 수 있었다. 배를 이용해 겨우 가서 천비낭랑궁(天妃娘娘宮) 앞에 이를 수 있었는데, 갑자기 맹렬한 바람이 크게 일며 흰 물결이 하늘을 뒤집을 듯해 모문룡 유격은 할 수 없이 배를 멈추고 걸어서 궁 안에 올라가 한가하게 구경하였다. 다만 궁전이 황폐한데다 낭랑(娘娘: 바다의 여신)의 용모가 조각조각 벗겨진 것만 보고는 모문룡 유격이 앞으로 나아가 우러러 예배하며 말했다.

"저 문룡은 각 섬에 가서 무마해 복종시키기 위해 파견되었으니 뛰어난 공을 세울 수 있도록 해주십시오. 만일 이번 가는 길에 신의 보살핌을 받아 이름을 떨치고 공을 이루면, 바라건대 다시 낭랑(娘娘)을 위하여 사당을 세워 영원히 제사를 지내겠나이다."

우러러 예배(禮拜)하고 나왔다. 16일에 바람이 잦아져 다시 걸어서 연해로 가 그 지방을 무마했지만, 이번에 가는 길은 운수의 좋고 나쁨

이 어떠할지 모르는 것이다.

> 바람을 타고 곧장 이룡의 굴에 들어가더니　　　　乘風直入驪龍穴
> 밝은 진주가 손아귀로 들어오기를 바라네.　　　　要使明珠入掌來

　서로(西虜)를 관대(款待)하자는 계책이 자신의 세력을 내세우지 않을 때에는 행해지기가 쉽지만, 자신의 세력을 내세울 때에는 행해지기가 어려운 법이다. 하물며 서로(西虜) 역시 총명하여 계책에 능숙하여서 금과 비단으로 바꾸는 것은 한사코 또한 하려하지 않을 것이니, 그들이 쓸모가 되지 않는다고 여겨 어찌 적이 광녕(廣寧)을 침략한 것을 기다려 알아야 하겠는가. 곧 백성을 무마하여 복종시키는 것 또한 마지못한 일이다. 패한 국면을 구하려는 것은 결국 그럴 수가 없는 있든 간에 시작해야 하고, 이렇게 하면 모두들 열의가 있는 사람으로 간주할 것이다.

　무슨 일이든 기를 충분히 꺾으면 절로 이루어지는 법이다. 200명으로 투항하게 하는 일을 맡긴 것은 적의 기를 꺾기에 충분하니, 본시 섬에 적의 항복 깃발을 세우는 것은 마땅한 일이다.

제10회

섬들을 두루 순찰해 의지할 데 없는 사람 도와주고,
진강에서 야간 전투해 반란을 일으킨 장수 사로잡다.

遍巡島嶼扶窮民, 夜戰鎭江擒叛將.

한밤중 파도소리 북소리 같아서 | 濤聲夜半鳴如鼓
봉창에서 꿈 깨어 놀라 춤을 추네. | 夢破蓬窓驚起舞
못난 나의 세상 맑히려는 장한 뜻이 | 鯫生壯志在澄淸
가슴속 가득한 열정을 지금 토하려네. | 熱血滿腔今欲吐
눈길 닿는 산하는 아스라해 한스러우나 | 山河觸眼恨依依
차마 오랑캐 티끌이 곳곳에 날게 하랴. | 忍令胡塵處處飛
궁벽한 섬 남은 백성들 밤비에 슬퍼하고 | 窮島遺黎悲夜雨
거친 들판의 호협한 기개 석양에 비치네. | 荒郊俠骨映殘暉
은근히 손을 잡고 즐겁게 서로 맞이하니 | 慇懃執手好相對
대대로 녹 먹은 신하 임금의 은혜 가벼이 저버리지 말라. | 世食君恩莫輕背
관군이 황성에서 산해관으로 떠나니 | 官軍日下出楡關
신속히 비린내의 오랑캐를 분쇄하리라. | 指顧腥羶成粉碎
부로들이 말 듣느라 눈썹 잠시 치켜 올리고 | 父老聞言眉暫揚
기뻐하면서도 슬픈 듯한 마음 다시 상심하네. | 似欣似戚情復傷
쇠한 나이에 전쟁에서의 죽음 분수로 알았으나 | 衰年自分殞兵革
어찌 일월의 빛을 다시 볼 줄 짐작했으랴. | 何意重瞻日月光
아이 불러 종군타 죽는 것 아깝게 생각 말라며 | 呼兒莫惜從軍死
미천한 목숨으로 천자에게 보답하려고 하네. | 擬把微生報天子
오랑캐 티끌 깨끗이 쓸어 백랑을 회복하니 | 淨掃胡塵復白狼
응당 황천 속에서 미소를 머금으리로다. | 也應含笑重泉裡

충의의 마음을 사람마다 다 가지고 있지만, 때로는 힘이 다하고 때로는 저 적의 위세에 겁먹고서 스스로 벗어나지 못한 것이니 어찌 임금의 은혜에 보답하려는 마음이 없겠는가! 그러므로 10리 되는 땅이나 500명의 군사로 마침내 하(夏)나라를 일으켰다고 하지만, 모름지기 한 사람이 그들을 수습하고 연합하여야 비로소 국가를 위해 쓰일 수 있는 것이다. 모문룡 유격이 200명을 인솔하여 4척의 배를 타고 와서 연운도(連雲島)에 도착해 알아보니, 개주(蓋州)를 지키는 자는 항장(降將) 양우위(楊于渭) 유격이었고, 복주(復州)는 선신충(單藎忠) 유격, 금주(金州)는 유애탑(劉愛塔) 수비(守備)가 지키고 있었다. 모문룡 유격은 사람을 시켜 그들에게 서신을 보내어 귀순토록 권유하였다.

> 하서 순무(河西巡撫) 왕화정(王化貞) 표하군(標下軍) 유격 모문룡이 모관(某官) 휘하(麾下)께 삼가 편지를 보내오.
>
> 누르하치가 무순(撫順)을 침범한 것은 신과 사람이 함께 노할 일로서 천자께 그 머리를 바칠 날이 있어야 할 줄 알 것이오. 휘하는 대대로 임금의 은혜를 받으면서 충성과 용맹으로 자부하였거늘, 어찌 기꺼이 누르하치를 위해 쓰이는 것을 받아들였소. 다만 소식이 모두 막혀서 스스로 헤쳐 나올 수 못했을 뿐이오. 막부(幕府: 일선 사령부)로부터 새로이 임무를 받아 광녕(廣寧)에 출병하였고, 웅정필 경략은 다시 등용되어 요양(遼陽)을 회복할 것이오. 무릇 옛 신하들은 모두 각각 마음을 닦고 힘을 다할 것이니, 함께 협공을 도모해 누르하치를 없애고 황상께 보답하여 위대한 공을 세웁시다. 만일 시기를 늦추며 관망만 한다면, 충절에 손상될 뿐만 아니라 또한 몸을 보전하는 바가 아닐까봐 염려되오. 고명(高明: 상대를 높이는 말)께서 재량하여 처리하시기 바라오.

한편, 또 다른 곳으로 가서 기회를 봐 투항하도록 하려고 했지만, 바다의 물결이 용솟음치니 어찌 하랴, 민간의 배가 작은데다 바람도 세차서 앞으로 나아갈 수가 없었다. 사위(四衛)에 도착해야 하는데, 군사의 수가 적어서 각 지방의 수장(守將)들에게 해를 입을까 염려되어 감히 갑자기 육지에 오를 수 없었는데, 배안에서는 점차로 먹을 것이 떨어져 갈 무렵 어느 곳에 이르렀다. 선호(船戶: 뱃사람)가 이곳이 저도(猪島)임을 알고 있었고, 뭍으로 올라가 보니 가옥들은 모두 이미 불에 타서 없어졌고 아울러 한 사람도 없었으나 소만 20여 마리가 있어서 바로 여러 사람들에게 나누어 주어 배불리 먹도록 하였다.

길을 따라 다닌 지 대략 반달이 지났을 때가 7월 1일이었는데, 넓은 바다로 출발하는 배 1척을 우연히 만났다. 선장은 이름이 이경선(李景先)으로 선원 20여 명을 데리고 있었는데, 모문룡 유격이 초무관(招撫官)임을 알고는 따라가서 쓰이기를 진심으로 원하였다. 모문룡 유격이 그를 받아들여서 천총(千總)에 임명하는 1장의 차부(箚付: 공문서)를 그에게 주고난 뒤 물어보니, 광록도(廣鹿島) 출신인지라 향도(嚮導: 길 안내자)로 삼아 광록도에 가고자 하였다.

뱃길 3일 만에 광록도 해안에 도착하여 이경선(李景先)을 보내어 탐문하게 하였다. 탐문하러 간 지 잠시 뒤에 얼핏 보고서 허둥지둥 돌아와 보고했다.

"누르하치가 호가빈(胡可賓)을 보내 도관(島官)으로 삼았는데, 마침 섬 안에서 가축과 양식, 처녀들과 과부들을 수색하며 백성들에게 머리를 깎여 투항케 하고 있어서 앞으로 나아갈 수가 없습니다."

모문룡 유격이 말했다.

"괜찮네. 백성들이 따르지 않을 것이니, 그놈이야말로 형세가 고립된 것이네."

그리고는 수비(守備) 소기민(蘇其民)과 100여 명의 군정(軍丁)을 거느리고 추격하여 들어가 허를 찔러서 호가빈(胡可賓)을 붙잡아 동여매고,

식량과 가축 및 부녀자들을 모두 섬의 백성들에게 도로 돌려주었다.
섬 전체가 모두 기뻐하였으니 160여 가구에서 약 700여 명의 백성들
이 모두 나라를 위해 섬을 지키겠다고 하였다.

이미 탄식하고는 물불 속으로 뛰어들었는데	己嗟投水火
진흙탕 길 벗어났으니 얼마나 다행이었던가.	何幸出塗泥
원하나니 충성스럽고 곧바른 뜻을 가지고서	願秉忠貞志
나라의 울타리 되겠다는 맹세 변치 말아라.	藩屏矢不移

모문룡 유격은 그들을 위무하고 곧바로 배를 탔다. 급점도(給店島)
에 도착해 또한 도관(島官) 임광(任光)을 붙잡고 섬에 있던 왕옥(王玉)
등 200여 명을 위무하였다. 9일, 석성도(石城島)에 도착하려는데, 상당
히 멀리서부터 배 1척이 맞이하러 오는지라 물었더니, 석성도의 주민
왕흥조(王興祖)로, 누르하치가 파견한 도관(島官) 하국용(何國用)이 달적
(韃賊: 몽골) 20여 명과 자신의 가정(家丁) 20여 명을 거느리고 식량과
부녀자들을 약탈하면서 이미 간통하고는 지금 막 철수해 가려는 참이
라며, 와서 구원해달라고 간청하였다. 이에 모문룡 유격이 급히 천총
(千總) 장반(張盤)과 수비(守備) 소기민(蘇其民)을 인솔하고 앞장서 뒤쫓
아 섬 입구에 도착하여 오랑캐의 배 2척, 동포(銅砲) 4문, 철포(鐵砲)
4문, 칼과 창, 활과 화살 등을 빼앗고 50여 명의 부녀자와 식량을 되찾
은 뒤에야 섬 안으로 힘차게 돌진하여 들어갔다. 하국용(何國用)과 달
병(韃兵)이 달아나려고 했을 때에 배도 없었고 싸우려고 했을 때에는
무기도 없었기 때문에 겨우 몽둥이를 들고 와서 대적했지만, 일찌감
치 관군에게 3명의 달병(韃兵)이 죽고 그 나머지는 모두 붙잡혀서 섬을
구원하였다.

구름과 무지개 바야흐로 간절히 바라보니	雲霓方切望
제때에 내리는 단비처럼 관군을 마주쳤네.	時雨得王師
시들고 마른 나무들이 모두 생기가 나듯	枯槁皆生色
한해의 끝에서 기뻐 큰소리로 부르짖네.	歡呼瀚海涯

마침 위무하고 있는 중인데 갑자기 또 배가 왔다는 보고가 있었다. 모문룡 유격이 각 군사들로 하여금 나가 싸우게 하였는데, 알고 보니 요동 좌위(遼東左衛) 수재(秀才) 왕일녕(王一寧)이었다. 그는 요양(遼陽)이 함락 당하자 특별히 조선(朝鮮)에 가서 조선 국왕에게 편지를 올려 군대를 빌려서라도 하동(河東)을 회복하려 하였는데, 국왕이 그의 충의(忠義)를 어여삐 여겨 잔치를 베풀어주고 사람을 시켜 호위하여 보내주도록 해 진향선(進香船)을 따라 명나라 안에 당도하였고, 때마침 서로 만났던 것이다. 모문룡 유격은 왕일녕을 참모로 삼았다. 그리고 석성도(石城島)에 있던 오승복(吳承福) 등 100명이 넘는 많은 사람들을 위무하고는 곧 광록도(廣鹿島)로 돌아와 머물면서 임무를 수행하였다. 또 부하들을 나누어 파견해서 장산도(長山島)를 수복하고 이이(李二) 등 200여 명, 소장산도(小長山島)의 곽승유(郭承儒) 등 600여 명, 색리도(色利島)의 장사(張四) 등 170여 명, 장자도(獐子島)의 이응절(李應節) 등 80여 명, 해양도(海洋島) 유시절(劉時節) 등 80여 명, 왕가도(王家島)의 곽건(郭乾) 등 50여 명을 불러 모았는데, 모두 9개의 섬에서 2천여 명을 불러 모았다. 그 위에 쌍산둔(雙山屯)의 백성들을 무마하여 복종시키고 그 중에서 배를 잘 다루며 힘 있는 사람을 골라 그에게 천총(千總)로 임명하는 문서를 주어 군대의 위엄을 떨치게 하였다.

어느 날, 왕일녕(王一寧) 수재(秀才)에게 말했다.

"내가 전날 들건대 복주(復州)의 선신충(單藎忠) 유격, 금주(金州)의 유애탑(劉愛塔) 수비(守備)가 지난번 귀순하고자 하는 마음이 있었는데 아직도 나의 편지에 답신을 하지 않고 있네. 그러나 누르하치의 세력이 큰데다 사위(四衛)에까지 바싹 접근해 있어, 우리의 고립된 군대를 도우러 오지 않는 것일세. 나는 뛰어난 공을 세워서 그들의 마음을 복종시키고 싶네."

인하여 같이 온 참장(參將) 왕소훈(王紹勳)을 남겨 광록도(廣鹿島)를 단단히 지키게 하고, 자기는 왕일녕(王一寧)과 군정(軍丁) 400명을 데리고 조선에 도착해서 왕화정 순무가 그에게 주었던 구원병을 청하는 자문(咨文)을 전달하였다. 조선은 중국에 군대가 없는 것을 알았기 때문에 어떻게 감히 군대를 파병하여 화를 초래하랴, 그래서 자문에 회답하지 않았다. 모문룡 유격은 할 수 없이 미천보(彌川堡)에 도착하여 그곳에서 자문의 회답을 기다리면서, 원래 동산(東山)에서 도주해 와 있는 광도(礦徒)들과 연합할 때까지 기다리기로 마음먹었다. 얼핏 듣건대, 진강(鎭江)에서 도망 온 백성들이 말하기를, 진강 유격(鎭江遊擊) 동양진(佟養眞)은 동양성(佟養性) 형제에게 빌붙어 진강에서 나쁜 짓을 하며 부녀자들을 강간하고 재물들을 공갈쳐 빼앗으니 사람들이 살 방도가 없고 부하들도 뜻이 맞지 않아 복종하지 않는다고 하였다.

모문룡 유격이 듣고는 이 사람들로 하여금 동양진에게 큰 포상을 준다고 하되, 그로 하여금 가서 대호(大戶: 권문세가)의 군관(軍官)에게 자신의 말을 전하도록 하며 말했다.

"내가 현재 통솔하고 있는 군사 1만여 명이 광록도(廣鹿島) 각처에 있으니 진강(鎭江)을 회복하러 올 것이다. 이제 또 조선에게 빌린 군사가 올 것인데, 나에게 5천 명을 빌려주었으니 지금쯤 진강에 도착할 것이다. 만약 성안에 투항하기를 원하는 자가 있어 일찌감치 성을 뒤집고 배반해 나에게 호응하면 그에게 벼슬을 내릴 것이다. 그러니 우리 군대가 오기를 기다려 옥석이 함께 타는 어리석음을 범하지 말라."

진강에서 도망 온 사람들은 흔쾌히 돌아갔다. 부하인 수비(守備) 정문례(丁文禮)가 앞으로 나아와 말했다.

"이 사람들이 가서 일을 잘하고 올 수 있을지 모르겠습니다. 저에게 잘 아는 형으로 진양책(陳良策)이 있는데, 원래 성안에서 천총(千總)이었으니 제가 가서 그를 끌어들여서라도 안에서 호응하도록 하는 것이 나을 것입니다. 그렇게도 못하면 참된 소식과 회답이라도 받을 수 있을 것입니다."

모문룡 유격은 정문례에게 조심하라고 분부하면서 가게 하였다.

도착한 그 다음날에 먼저 서육(徐六)이 왔는데, 진강 천총(鎭江千總) 서경백(徐景栢) 형제라고 하였다. 서경백은 이곳에서 군사들을 거느리고 있는 것이 원래 본심이 아니었는데 명나라 군사가 이곳에 도착하였으니 내통자가 되기를 원한다는 것이었다. 당시 동양진(佟養眞) 유격이 정예병 3백 명을 동원하여 황취(黃嘴)와 쌍산(雙山)의 귀정인(歸正人: 오랑캐에게 포로였다가 도망쳐 온 사람)들을 마구 죽이고자 하여 성안이 텅 비어 공격할 수가 있었다. 모문룡 유격은 자신을 유인하는 것으로 의심하였는데, 알고 보니 정문례(丁文禮)가 또 돌아와서 진양책(陳良策)이 지금 중군(中軍)으로 삼아주면 내통자가 되기를 원한다고 말하였다. 모문룡 유격은 듣고 크게 기뻐하며 왕일녕(王一寧)에게 말했다.

"진강(鎭江)의 정예병이 쌍산둔(雙山屯)의 둔민들을 치러 가서 성안을 지키는 자들은 노약자에 불과한데다 내통자까지 있는지라, 그들의 무방비를 틈타서 진강을 기습하여 빼앗는 것이 나을 것이니 일은 반드시 이루어질 것이네."

바로 소기민(蘇其民)에게 병사 1백 명과 백성 1백 명을 거느리고 미리 가서 황취(黃嘴)와 쌍산(雙山)의 적군이 돌아오는 길을 막아 토벌하게 하였으며, 진충(陳忠)에게 병사 1백 명과 직접 거느린 병사 1백 명을 이끌고 진강에 곧바로 도착하게 하였다. 성으로부터 20리 떨어진 곳에서 상륙하여 또 정문례(丁文禮)를 진양책(陳良策) 중군(中軍)과 약속한 장소로 가게하고, 거듭 각 병사의 몸에 검은 숯덩이를 조금 지니고 있다가 싸울 때 뺨에 칠해 자기편끼리 서로 구별하여 마구 죽이는 것을 면하라고 분부하였다. 군사를 나누어 파견하는 것이 결정되자 일제히 전진하였다.

성에 도착하니 첫닭이 울 무렵인 새벽녘이었는데, 천총(千總) 장원지(張元祉)·우경화(尤景和)·모승록(毛承祿)·왕호(王鎬)·왕응란(王應鸞)이 창을 들고 먼저 오르자 다른 사람들도 따라 나아가는지라, 한번 성에 오르게 하니 곧 일제히 함성을 지르며 돌격해 들어갔다. 아닌 게 아니라 진양책(陳良策)과 그의 동생 진양한(陳良漢)이 고함을 지르며 호응하여 곧장 동양진(佟養眞)의 관아(官衙)로 달려들었다. 동양진이 갑자기 놀라 깨었으나 까닭을 알지 못하였다. 황망히 그의 아들 동풍년(佟豐年)과 함께 병사들을 이끌고 적을 맞아 싸울 때, 각각의 가정(家丁) 장득화(章得化)·양춘(楊春)에 의해 한꺼번에 베어 죽임을 당하였는데, 이보다 앞서 몽둥이로 동양진의 이마를 치자 동양진이 땅에 쓰러졌고, 동풍년이 구하려할 때에 여러 가정(家丁)들이 모두 동풍년을 꽉 붙잡았다. 가정까지 아울러 70여 명이 모두 베어 죽임을 당하였다. 남병(南兵: 절강의 군대)들은 구별하는 표시가 있어서 모두 다치지 않았다. 황취(黃嘴)와 쌍산(雙山)의 적군이 이때 이미 승리하고 돌아오다가 또 소기민(蘇其民)·장반(張盤) 유격을 만나 절반 정도 죽었고 진강 수보(鎭江守堡) 동이(佟二)와 운임 수보(雲任守堡) 고수관(高守官)을 사로잡았다. 동틀 무렵 군대를 철수하면서 점검하니, 적과 뒤섞이어 싸우는 중에 홍문귀(洪文貴)·정유공(定有功) 두 호한(好漢: 의협심의 사나이)이 죽었고 조문법

(趙文法) 등 6명이 다쳤다. 이를 방문(榜文)으로 붙여 백성들을 위무하였다. 병마(兵馬) 4백여 명, 말과 갑옷과 무기 등 천여 개, 백성 수만 명을 획득하였다. 약탈을 금지하며 이를 범한 경우에는 반드시 참할 것이라는 명령을 전하니, 백성들이 기뻐하지 않은 이가 없었다.

강변 고을의 봉화가 하늘에 닿을 듯 붉고	江城烽火徹天紅
놀랍게 신출귀몰 병사들이 땅속에서 솟네.	驚有神兵出地中
한번 싸움에 환호하면서 강적을 사로잡고	一戰歡呼擒大敵
지나치게 자주 응당 뛰어난 공을 다짐하네.	太常應自銘奇功

중군(中軍) 진양책(陳良策)이 배알하자 곧 임명장을 그에게 주고 진강 유격(鎭江遊擊)으로 삼았으며, 서경백(徐景栢)은 중군으로 삼아 진강에 주둔하며 지키게 하였다. 또 격문을 돌려 각 촌보(村堡)를 무마하여 복종시켰는데, 각 촌보의 백성들이 모두 수보(守堡)를 독촉해 귀순하도록 하였고, 수보가 조금이라도 따르지 않으면 곧 그 백성들에게 꽁꽁 묶여서 바쳐졌다. 성 밖에서는 계속 어수선하였으니, 오늘은 빙점보(馮沾堡)의 백성에게 알려지자 수보(守堡) 적장(賊將) 진구계(陳九階)를 사로잡아와 바쳤으며, 그 다음날은 험산(險山)의 향병(鄕兵)이 수보(守堡) 적장(賊將) 이세과(李世科)를 사로잡아 와서 항복하였다. 또 염세 유격(鹽稅遊擊) 무이정(繆以貞)이 세금 거두러 쌍산(雙山)에 왔다가 거주민 부등영(傅登瀛)에게 잡혀 바쳐졌다. 그리하여 각 수보(守堡)들이 모두 제각각 놀라 허둥지둥하였는데, 장전 수보(長奠守堡) 왕가례(王可禮)와 중군(中軍) 필가우(畢可佑)는 다 직접 진강(鎭江)에 와서 투항하였고, 관전 참장(寬奠參將) 조일곽(趙一霍)도 자기 진정을 보내왔다. 수백 리 안에 있는 수보(守堡)의 적장들은 도망간 자가 아니면 곧바로 투항하였고 투항하지도 도망하지도 않은 경우에는 반드시 생포되었으니, 명성

과 위세를 크게 떨쳤다.

모문룡 유격은 스스로를 참으로 고군(孤軍: 후원 없는 고립된 군대)이라 헤아리고, 한편으로는 왕소훈(王紹勳) 참장(參將)에게 광록도(廣鹿島)의 병사를 선발하여 진강(鎭江)을 함께 지키자고 독촉하였다. 그러나 왕소훈 참장은 누르하치의 군대가 올까봐 두려워하여 오로지 움직이려고 하지 않았다. 모문룡 유격은 할 수 없이 동양진(佟養眞) 등 22명과 연이어 참획한 72명의 수급(首級)을 사람 시켜 광녕(廣寧)까지 압송하게 하고 수만 명의 구원병과 수만 섬의 군량을 아울러 청하여 진강(鎭江)을 구제하는 것이 근본을 회복하는 것으로 여겼다. 그렇지 않으면 누르하치의 군대가 기필코 복수하려고 하면 고군(孤軍)으로 대적하기 어려웠다.

왕화정 순무가 즉시 상주서(上奏書)를 올린 후에 성지(聖旨: 황제의 뜻)를 받들었는데, 그 내용은 이러하다.

짐(朕)이 문서를 보건대 요동 순무(遼東巡撫) 왕화정(王化貞)의 제본(題本: 上奏書)에 의하면 모문룡(毛文龍)이 병사를 거느리고 진강(鎭江)을 회복하였다고 하는바, 전투에서 사로잡은 반역도당(叛逆徒黨)은 압송해오고 그 남쪽의 사위(四衛)도 모두 높은 명망을 듣고 메아리처럼 호응하라. 왕화정이 절도 있게 지휘하고 장수와 사졸이 명을 잘 따라서 요동의 사태에 점차로 두서가 있게 되었도다. 그러나 황제의 군대는 귀함이 만전을 도모하는 데에 있고 시의(時宜) 적절한 대책은 경각이라도 늦추기가 어려우니, 너희들이 곧 자문(咨文)을 천진 순무(天津巡撫) 필자엄(畢自嚴), 등래 순무(登萊巡撫) 도낭선(陶朗先)에게 이첩하고 원래 있던 장교와 요동에 지원한 수병들을 밤새 출발하도록 독촉하여 바닷길 따라 전진해 호응토록 하라. 왕화정은 광녕 병마(廣寧兵馬)를 배치하고 기회를 보아 토벌해 섬멸하라. 또 한편으로는 경략(經略) 웅정필(熊廷弼)에게 자문하여 장병(將兵)들을 엄히 통솔해 산과 바다를 장악하고 세 방면으로 협력해 전승을 거두도록 힘쓰라. 해당 부서는 속히 병마와 군량과 병장기 등을 지원하도록 공문을 보내 독촉하여 중요한 기회를 늦추지 않도록 하라.

또 황제의 뜻을 받들었는데, 그 내용은 이러하다.

　　요좌(遼左: 요동) 지방이 회복되었으나 병사가 적고 세력이 약한지라, 어제 짐의 뜻을 무(撫)·진(鎭)·도(道)·장(將)의 각 관아에 전하였으니, 마음을 합쳐 있는 힘을 다하여 서로 도와주면서 앞서의 전공(戰功)을 힘써 보존하여야 진격을 도모할 수 있으리라. 양지원(梁之垣)이 칙서(勅書)를 가지고 조선(朝鮮)에 선유(宣諭: 널리 알림)하였으니, 병력을 나누어 협공하라. 군량을 조치하고 모문룡 등에게 승진의 상을 시행하였으니, 말과 수레들을 서둘러 풀어서 모두 의논한대로 행하라.

　모문룡 유격은 오로지 충심으로 목숨을 내걸고 영토를 확장하여 일찍감치 황제에게 아뢰었다. 그러나 속된 말로 "먼 곳의 물로 가까운 곳의 불을 끄지 못한다."라고 했는데, 모문룡 유격은 끝내 세력이 고립된 데다 더구나 그의 공을 시기하는 사람이 있어 기꺼이 군대를 동원하여 구원하려 하지 않으니, 진강(鎭江)을 잘 지키고 돌아올 수 있을지 모르겠지만 아마도 이러할 것이다.

요해처 장악하는 전술 교묘하여　　　　扼吭機謀巧
홀로 우뚝 날개 펼치나 고단하네.　　　孤騫羽翼單
부개자를 알지 못했다면　　　　　　　不知傅介子
흉노 호한야를 참할 수 있으랴.　　　　能否斬呼韓

줄줄이 늘어선 궁벽진 섬을 간악한 자들은 오히려 짓밟혀서 누르하치에게 바쳐질 것으로 생각하였으니, 만일 일찍이 수습하지 않으면 등주(登州)와 천진(天津)의 화근이 더 깊어지지 않으랴. 이는 세 방면을 지휘 통솔하지 않으면 정말로 세 방면에서 적의 공격을 받을 것이란 점이다. 혹자가 말하기를, "오랑캐는 말 타기에 익숙할지언정 배타는 데는 익숙하지 않으니, 대자하(代子河)·혼하(渾河)·삼차하(三岔河)를 오랑캐가 날아서 건너올 수 있으랴?" 하였는데, 섬사람도 똑같이 백성이 되니 뱃사공이 없다고 걱정할 바가 아니었다. 그러나 간교하여 진강(鎭江)에서도 그대로 따랐으니, 옛날 반정원(班定遠: 반초)과 함께 전해지며 썩지 않을 수 있으랴.

영웅이 거사에서 민첩했던 것은 단지 선을 행하고자 하는 마음 때문이다. 백성들의 생각을 따르면 쉽게 무마할 수 있고 백성들의 원망을 따르면 쉽게 사로잡을 수 있으니, 바로 눈치가 빠르고 하는 일이 시원시원해야 할 것이다.

第六回 振南出奇毒虜 芝岡力固全遼

將星[1]炯炯明吳地，中有奇才崛然起。
學書不成恥作儒，短衣挾劍三韓市。
千金結客豈言貧，肘後玄符[2]泣鬼神。
腹裡山川輕聚米[3]，時將興廢問蒼旻。
醉來夜戰清河堡，虜騎紛紛秋葉掃。
英雄直令夷夏聞，微官何惜供潦倒[4]。
新來經略當道熊，雙睛閃爍初日瞳。
便從行伍拔豪傑，與君戮力成奇功。
丈夫埋沒每如許，今日成虎昔爲鼠。
乘時且展爪牙[5]威，用洒丹心獻當宁[6]。

從來豪傑無種，將材偏不在世祿之中。人道世將畢竟身親戰陣，黃石[7]
家傳不知，習于富貴，意氣易驕，又且重視身家，貪生怕死，不如草澤英雄，
貧寒鍊他骨格，困阨發他心思，顚沛勵他志氣，沒個依，沒個傍，劈空跳出
一個身來，自能爲國家立功業。如韓信[8]出在逃虜，岳武穆[9]出在行伍，寶

---

1 將星(장성): 대장을 상징하는 별.
2 肘後玄符(주후현부): 肘後符. 항상 팔꿈치 밑에 붙이고 다니면 무슨 일이든 할 수 있
다고 하는 護身符.
3 聚米(취미): 馬援이 光武帝 앞에서 쌀을 모아서 산과 골짜기를 만들어 지형과 군대가
지나가는 길(聚米爲山谷, 指畵形勢.)을 소상히 설명하였던 데서 나온 말.
4 潦倒(요도): 困頓潦倒. 생활이 곤궁하여 초라하게 됨.
5 爪牙(조아): 맹수의 발톱과 어금니. 임금을 든든하게 보위하는 신하를 뜻하기도 하는
데, 매우 쓸모가 있는 사람이나 물건의 비유하는 말이다.
6 當宁(당저): 그때의 임금.
7 黃石(황석): 兵書 이름. 《黃石公三略》인 듯.
8 韓信(한신): 중국 秦나라 말기에서 漢나라 초기 사이의 인물. 劉邦으로부터 漢王으로

劍在匣, 利錐處囊, 何嘗不露出鋒穎, 但是知者會得風塵識英雄, 愚人直待
歲寒知松柏[10]。

　當日遼左[11]有事, 人見將星照在杭州[12], 所以要募浙兵, 取浙將, 不知這應
將星的, 早已在遼了。自古道山西出將[13], 這將官原也係籍山西。他祖
姓毛, 名玉, 因做鹽商, 寄籍[14]杭州府錢塘縣。生子毛偉, 是個監生[15], 娶同
鄉沈氏, 生有三子, 長名文龍[16], 九歲喪父, 母親撫他, 爲他娶妻。別號振
南。年少也有志功名, 博習百家, 只是運蹇, 這兩句文字, 屢試有司[17], 不得

봉해져 潁川 일대를 봉지로 받았다. 그러나 유방은 그곳이 전략적 요충지이므로 한신이
반란을 일으킬 것을 우려해 봉지를 太原 이북으로 옮기고 晉陽을 도읍으로 삼게 했다.
그러자 한신은 진양이 북방의 경계와 거리가 너무 멀어 흉노의 침공을 방어하는 데 문제
가 있다며 도읍을 馬邑으로 옮길 수 있게 해달라고 청하여 허락을 받았다. 그해 가을에
흉노의 선우(單于) 冒頓이 대군을 이끌고 쳐들어와 마읍을 포위하자, 한신은 흉노 진영으
로 사신을 보내 강화를 청했다. 이에 유방은 한신이 흉노와 결탁해 반역을 꾀한다고 의심
해 사신을 보내 책망했고, 목숨을 빼앗길 것을 우려한 한신은 흉노와 연합해 반란을 일으
켜 태원을 공격했다.

9　岳武穆(악무목): 岳飛의 시호. 중국 南宋 초기의 武將이자 학자. 가난한 농민 출신이
지만 金나라 군사의 침입으로 北宋이 멸망할 무렵 의용군에 참전하여 전공을 쌓았다. 북
송이 망하고 남송 때 湖北 일대를 영유하는 大軍閥이 되었지만 무능한 高宗과 재상 秦檜
에 의해 살해되었다.

10　直待歲寒知松柏(직대세한지송백): 《論語》〈子罕篇〉의 "날씨가 추워진 뒤에나 송백이
뒤늦게 시듦을 안다.(歲寒然後知松柏之後彫也.)"를 활용한 말.

11　遼左(요좌): 遼河의 좌측. 곧 遼東이다.

12　杭州(항주): 浙江省의 省都. 錢塘江 어귀에 있으며 예로부터 외국 무역으로 유명하며,
명승 西湖가 있다. 南宋의 수도로 臨按이라고도 하였다.

13　山西出將(산서출장): 《漢書》〈趙充國辛慶忌傳贊〉의 "진한이래로 산동에서 宰相이 나
고 산서에서는 將帥가 난다.(秦漢以來, 山東出相, 山西出將.)"에서 나온 말. 풍속이나 감
화에 의하여 지방에 따라 특징이 다른 인물이 나온다는 말이다.

14　寄籍(기적): 타지에 임시로 적을 두는 것.

15　監生(감생): 國子監의 학생. 上舍라고도 한다.

16　文龍(문룡): 毛文龍(1576~1629). 명나라 말기의 무장. 호 振南. 1605년 무과에 급제,
처음에는 遼東의 총병관 李成梁 밑에서 유격이 되었다. 1621년 누르하치가 요동을 공략하
자, 廣寧의 巡撫 王化貞의 휘하로 들어갔다. 뒤에 연안의 諸島를 자기편으로 끌어들이고,
조선과 교묘하게 손잡고 淸나라를 위협할 태세를 취하자, 左都督에 임명되었다. 그 뒤
전횡을 일삼다가 산해관 군문 袁崇煥에게 참살되었다.

17　屢試有司(누시유사): 여러 차례 과거시험에 응시함.

進取。一日喟然歎道: "丈夫當取功名如拾芥[18], 怎年紀三十, 困于名場[19]!"
便抛卻書卷, 習騎射, 也百發百中, 又係書生, 心極靈巧, 理極透徹, 所以武
經將略, 一覽無遺, 便有志邊防。恰又母舅[20]已成進士, 官拜職方[21], 他把寡
母託與妻子, 別了兄弟仲龍・雲龍, 持沈兵書, 馳入遼東。他平生胸懷倜
儻, 揮金如土[22], 以此一至遼東, 凡是知名文士, 雄略武臣, 無不與他交游。
又時常[23]備了糧糗, 遍遊河東西地方, 山川形勝, 無不歷覽。一日在寓所,
偶然神思困倦, 便伏几而睡, 只見信步而行, 忽然見一座寶塔:

　　瓦耀千鱗淺碧, 欄搖一抹[24]微紅。
　　琅琅[25]鈴鐸[26]響西風, 寶頂青霄直聳。

　這毛振南看了, 道: "我在此許久, 不曾見這塔。且隨喜[27]一隨喜." 走到
塔邊, 塔門正是洞開, 毛振南抽身入去, 傍邊有白玉坡級, 振南便步將上
去, 不見一人。復上一層, 見一官上坐, 對振南道: "將軍此來不易." 振南
與相揖了, 求看上邊, 這官也不阻。直至五層, 見一官朱衣幞頭[28]。振南

又與他揖了，與他在塔中觀玩下邊光景：

> 渺渺天連野，森森樹接山。
> 微靑禾遍地，纖白水成灣。

振南道："欲窮千里目[29]。更上一層樓." 待又上去，那朱衣道："君且止此." 振南不從，復往上行，過了第六級，至第七級，卻是一個神人在上：

> 臉如藍靛點微斑，兩髮朱塗噴火光。
> 頭頂金冠紅映日，手持鐵杵氣難降。

大喝一聲道："那裡走!" 竟舞手中鐵杵來打振南。振南急用手格時，早爲杵挺于壁間，死力要挣脫[30]時，不覺驚醒，已在牀上。振南自想道：'我的功名，應不能到絶頂了，卻也不是以下之人.' 以此自負。

後來在遼東做了個旗牌，因斬獲西虜有功，曾任靉陽[31]守備，至此時加都司銜，管遼東鐵騎營兵馬，每日參謁熊經略[32]。經略見他體貌偉梧[33]，舉止儒雅，常問他些事，對應頗是詳明，問他守備地方形勢，答應了了。經略知他是個有才幹人，一日叫他近前道："你曾任守備，久在遼東，我看你是個有心機，有膽量，有作爲的人，你沿邊地方形勢，可也曉得麼?" 毛都司

---

29 窮千里目(궁천리목): 시선이 미치는 극한까지 바라봄. 볼 수 있는 데까지 최대한 먼 곳을 바라본다는 말이다.

30 挣脫(쟁탈): 필사적으로 벗어남.

31 靉陽(애양): 靉陽堡. 중국 遼寧省 鳳城縣 북쪽 128리에 있는 堡. 건주여진이 명나라를 공격할 때 주요한 공격 지점이 되었다.

32 熊經略(웅경략): 熊廷弼(1569~1625)을 가리킴. 중국 명나라 말기의 장군. 자는 飛百, 호는 芝岡. 시호는 襄愍公. 遼東經略으로서 후금에 맞서 요동의 방위에 공을 세웠다. 그러나 1622년 王化貞이 그의 전략을 무시하고 후금을 공격하였다가 크게 패하자 廣寧을 포기하고 山海關으로 퇴각하였으며, 그 책임을 뒤집어쓰고 1625년 억울하게 처형되었다.

33 偉梧(위오): 장대함.

道: "沿邊形勢, 小將也曾略知." 經略道: "這等奴酋入犯之處, 你可料得來
麼?" 毛都司道: "奴酋入犯, 人必要水, 馬必要草. 零星入掠, 可不擇地;
其大擧, 必從多水草之地進發, 這地方都可定得來." 經略又叫近前道: "我
有一事差你, 你敢去麼?" 毛都司道: "凡是國家公事, 爺臺³⁴軍命, 敢不竭
力!" 經略悄悄的道: "我想下策鬪力, 上策鬪智³⁵, 如今瀋陽³⁶雖有栢世
爵³⁷, 虎皮驛³⁸一帶雖有賀世賢³⁹, 淸撫一帶有柴國柱⁴⁰·李光榮⁴¹, 但兵少
且弱, 不堪與虜對敵. 我意欲遣你在沿邊一帶有水草之處, 撒放毒藥, 倘
他入寇, 亦是不戰而勝之策. 聞你熟于地形, 你須不避艱苦, 爲國立功!"
毛都司叩了兩個頭道: "小將就去." 出了經略府, 便差心腹人買了砒礵等
毒, 北自淸河⁴²·撫順⁴³, 直至鎭江⁴⁴, 晝伏夜行, 凡是有水有草處, 都藏放
毒藥, 以待奴酋兵至. 到鎭江時, 適値朝鮮咨文⁴⁵與鎭江遊擊戴光裕, 道
奴酋有意攻朝鮮, 戴遊擊因與毛都司兩個相度地形, 道: "鎭江是遼瀋左
臂, 朝鮮登萊⁴⁶咽喉, 金復海蓋⁴⁷門戶, 須得添兵, 與朝鮮犄角⁴⁸." 申文⁴⁹三

---

34 爺臺(야대): 영감님. 나으리.
35 鬪智(투지): 지혜로 겨룸.《通鑑節要》〈漢紀·太祖高皇帝〉의 "내 차라리 지혜로 싸울
지언정 힘으로 싸우지 않겠다.(吾寧鬪智, 不鬪力.)"에서 나오는 말. 廣武를 두고 項羽와
대치하던 劉邦이 한 말이다.
36 瀋陽(심양): 중국 遼寧省의 星都. 청나라 初期의 수도이기도 했다.
37 栢世爵(백세작): 李如柏을 가리키나, 이때는 李如楨으로 바뀌었음.
38 虎皮驛(호피역): 중국 遼陽州의 十里河.
39 賀世賢(하세현, ?~1621): 명나라 말기의 장수. 1619년 요동 경략 楊鎬가 부대를 넷으
로 나눠 후금을 정벌할 때 都督僉事로 발탁되어 전쟁에 참여하였다. 1621년 3월에 후금이
심양을 공격하여 함락시킬 때 전사하였다.
40 柴國柱(시국주, 1568~1625): 명나라 말기의 장군. 萬曆 연간(1573~1619)에 西要守備
를 담당하였고, 공을 인정받아서 指揮僉事로 승진하였으며, 都督僉事로 발탁되었고, 陝西
總兵官이 되었다. 天啓 초년에는 左都督에 임명되었다.
41 李光榮(이광영): 명나라 말기의 장수. 총병 官秉忠이 遼陽에 주둔하고 그는 廣寧에
주둔하면서 경략 楊鎬가 瀋陽에서 지휘할 수 있도록 하였다.
42 淸河(청하): 중국 遼寧省 鐵岭市에 있는 지명.
43 撫順(무순): 중국 遼寧省 중부에 있는 탄광 도시.
44 鎭江(진강): 鎭江堡. 중국 遼寧省 丹東의 북동쪽에 있는 요새지.
45 咨文(자문): 하급 아문이 상급 아문에 보내는 공식적인 문서.

院[50]。毛都司已知鎭江是個要地, 也盡知鎭江虛實。事畢回話[51], 熊經略
重賞了毛都司。果然奴酋哨探零騎到邊上的, 都中了毒, 說是水土不服[52],
不敢大擧深入, 也是熊經略奇謀, 也見毛都司勇于任事。經略曾在援將[53]
勞苦異常奏疏上薦他道:

> 管鐵騎營加銜都司毛文龍, 棄儒從戎, 志期滅虜, 設防寬覈。凡夷地
> 山川險阻之形, 靡不洞悉, 兵家攻守奇正之法, 無不精通, 實武弁中
> 之有心機, 有識見, 有膽量, 有作爲者, 豈能多得? 應與實授都司.

　經略又因兵力不支, 糧餉不繼, 從衆議, 聚全力保守遼陽。看得代子
河[54]水, 可以引入城壕[55], 還有支流, 築壩壅水, 可以環流, 經略督率兵士開
築, 毛都司都首先效用。逡巡[56]過了冬, 經略因天色溫和, 兵餉略足, 道:
"向日開鐵失陷, 奴兵旣去, 我兵不往守, 卻被西虜占做牧地。如今瀋陽只
以些少兵守, 恐不能做遼陽屛蔽[57]." 復于瀋陽, 增修城郭, 挑浚[58]池壕。壕

---

46 登萊(등래): 登州와 萊州의 합칭어.
47 金復海蓋(금복해개): 金州, 復州, 海州, 蓋州의 합칭어.
48 犄角(의각): 犄角之勢. 사슴을 잡을 때 사슴의 뒷발을 잡고 뿔을 잡는다는 뜻으로,
앞뒤에서 적을 몰아침을 비유적으로 이르는 말.
49 申文(신문): 상관에게 보고하는 문서.
50 三院(삼원): 侍御史 소속의 台院, 殿中侍御史 소속의 殿院, 監察御史 소속의 察院을
가리킴.
51 回話(회화): 회답.
52 水土不服(수토불복): 물과 풍토에 적응하지 못해 몸이 상한 것을 이르는 말.
53 援將(원장): 지원 장수.(繼援將) 전란이 일어났을 때 군량과 병장기를 수송·조달하고
檄文 작성 등을 담당한 임시 무관이다.
54 代子河(대자하): 太子河로도 표기. 遼寧省 중부에 있는 하천으로 요녕성 동부에서 발
원하여 동쪽에서 서쪽으로 흘러 本溪를 지난 遼河에 합류된다.
55 城壕(성호): 垓子. 성 주위에 둘러 판 못.
56 逡巡(준순): 우물쭈물함.
57 屛蔽(병폐): 장벽. 차폐.
58 挑浚(도준): 침전된 퇴적물에 의해 막힌 것을 전부 말끔히 파내어 물길을 트는 것을

外砍合抱大樹多枝枒的, 交互糾結, 三五層做鹿角[59], 這番瀋陽有可守之
勢。遼瀋大勢可守, 使兵漸逼賊巢, 示他一個要進兵的意思, 賊還敢來。
且又不時遺書札與道將[60], 勉他忠義, 叫他體恤[61]兵士, 整搠[62]器械, 嚴固防
守。又因標下[63]左翼營遊擊陳倫, 不理軍務, 不恤軍士, 飲酒宿娼, 戒諭不
改。一日已將他闘的娼妓田四兒驅逐出城, 陳倫又私自[64]出營去闘, 熊經
略大惱, 卽鎖娼, 與陳倫到院, 又着人去搜他寓所。經略還無意殺他, 只是
在寓中搜出他剋減[65]兵糧銀有五十二個半元寶[66],   共計三千二百四十兩,
又看他家書, 寄回[67]銀有五千多兩, 審是每月逃故[68]空糧三百分, 都是他收,
又每哨逼取下程[69], 每月三百五十兩所致。經略大怒, 將來斬了示衆。部
下將官, 那一個敢不留心軍務, 還敢剋扣[70]軍糧?

이르는 말.

59 鹿角(녹각): 鹿砦. 적군이 침입하는 것을 막기 위하여 짧은 나무토막을 비스듬히 박
거나 十字 모양으로 울타리처럼 만들어 놓은 방어물.

60 道將(도장): 《朝鮮王朝實錄》〈인조실록 21권(1629년 8월 8일조 4번째기사)〉의 "전에
들건대, 모문룡이 뇌물을 써서 교유를 넓혀 中外가 호응하여 유언비어를 유포하여 인심을
의혹케 했다 하는데, 이제 그의 事跡이 뚜렷이 밝혀졌으니 모든 의혹을 풀었을 것이다.
서울에 숨어 있는 그의 잔당을 몰아내 체포함은 물론 軍中과 島中을 엄히 단속하여 한결
같이 申明토록 하라. 該部는 즉시 관원을 차송해 督師와 道將 등 관원에게 전해줌으로써
통지하고 告諭케 하라.(向聞文龍, 行賂廣交, 中外呼應, 傳布流言, 疑惑人心. 乃今事跡章
明, 疑機可釋. 除在京潛黨, 嚴遣緝拿外, 軍中·島中, 嚴加禁戢, 一體申明. 該部便馬上差
官, 傳與督師·道將等官, 通知告諭.)"는 袁崇煥의 咨文이 있지만, 여전히 道將의 구체적인
의미를 알 수가 없음.

61 體恤(체휼): 상대방의 처지를 이해하여 가엾게 여김.

62 整搠(정삭): 정돈함. 정비함.

63 標下(표하): 標下軍. 大將이나 각 長官의 수하 친위부대.

64 私自(사자): 제멋대로.

65 剋減(극감): 깎아내어 줄임. 삭감함.

66 元寶(원보): 중국 명나라 시대에 쓰던 화폐의 하나. 금이나 은으로 만들어진 말발굽
모양의 화폐를 말한다. 5냥, 10냥 무게의 금으로 된 원보와 50냥 무게의 은으로 된 원보가
있었다고 한다.

67 寄回(기회): (우편으로) 반송함.

68 逃故(도고): 도망가거나 죽은 자.

69 下程(하정): 전별할 때의 예물. 여기서는 뇌물을 의미한다.

六月初四日, 熊經略見遼瀋大勢已定, 又巡視沿邊城堡, 以便增改。自
奉集堡[71]起身, 次日到威寧海, 一路都是山路, 登岩度嶺, 過澗盤溪, 軍士
下馬步行, 熊經略也步行, 直至靉陽・寬奠[72]。沿着鴨綠江一帶, 直至鎭江
城。復至險山舊邊, 渡夾河[73], 登鳳凰山[74], 尋唐時莫利支[75]蓋蘇文[76]屯兵
去處, 又往鎭夷堡[77]。早奴酋奸細報入虜營, 李永芳[78]計議道: "經略巡邊,
遼瀋必虛。"竟在十二日帶領精壯三萬餘人, 自己打着黃傘・龍旗, 一支從
東州[79]地方沙地衝出, 直取奉集, 牽制住賀總兵人馬, 使他不敢救瀋陽;
一支從撫順關進兵, 直犯瀋陽。後邊又有四萬多韃子, 駝[80]雲梯[81]鉤竿[82],

---

70 剋扣(극구): 가로챔. 횡령함.

71 奉集堡(봉집보): 중국 심양의 동남쪽에 있던 堡.

72 寬奠(관전): 寬奠堡. 여진족의 침입을 방비하기 위하여 1573년 변장 李成梁에 의해
축조된 군사시설. 중국 遼寧省 丹東市 寬甸에 있었다.

73 夾河(협하): 중국 遼寧省 莊河縣 城山山城의 서북쪽에 흐르고 있는 강. 碧流河의 지류
이다.

74 鳳凰山(봉황산): 중국 遼寧省 丹東의 서북쪽에 있는 산.

75 莫利支(막리지): 莫離支. 고구려 때에 군사와 정치를 주관하던 으뜸 벼슬.

76 蓋蘇文(개소문): 고구려 말의 막리지 淵蓋蘇文을 달리 부르는 이름. 泉蓋蘇文이라고
도 한다. 외양이 雄偉하고 의기가 호방하였는데 아버지를 이어 大對盧가 되었는데 성질이
殘暴하고 무도한 짓을 했으며 마침내 영류왕 25년(642년) 왕을 시해하고 王弟의 아들 臧
을 세워 왕을 삼고 스스로 莫離支가 되었다. 신라의 요청으로 唐나라 태종이 고구려를
쳤으나 개소문에게 번번이 패하였다.

77 鎭夷堡(진이보): 중국 요녕성 鳳凰城의 서쪽에 위치한 堡. 후에 通遠堡라고 불렀다.

78 李永芳(?~1634): 누르하치의 무순 공격 당시 투항한 명나라의 장수. 1618년 누르하치
가 무순을 공격하자 곧장 후금에 투항하던 당시 명나라 유격이었는데, 누르하치는 투항에
대한 보답으로 그를 三等副將으로 삼고 일곱째아들인 아바타이(阿巴泰, abatai)의 딸과
혼인하게 하였다. 이후 그는 淸河・鐵嶺・遼陽・瀋陽 등지를 함락시킬 때 함께 종군하여
그 공으로 三等總兵官에 제수되었다. 1627년에는 아민(阿敏, amin)이 지휘하는 후금군이
조선을 공격한 정묘호란에도 종군하였는데, 전략 수립 과정에서 아민과 마찰을 빚어 '오
랑캐(蠻奴)'라는 모욕을 당하기도 하였다. 그럼에도 불구하고 그는 佟養性과 함께 투항한
漢人에 대한 누르하치의 우대를 상징하는 인물로 자주 언급되었다.

79 東州(동주): 중국 遼寧省 撫順에 있는 고을.

80 駝(타): 馱의 오기.

81 雲梯(운제): 높은 사다리. 옛날에 성을 공격하는데 쓰인 긴 사다리이다.

82 鉤竿(구간): 창날의 양 끝에 날이 있는 창.

前來。喜得瀋陽新經熊經略修築，城裡又邢分守[83]，帶領梁遊擊等守備，
且是堅固。經略在鎮夷堡聞報，即發令旗令箭，着賀・柴二總兵迎敵，黑
夜馳馬，走一百餘里，到鎮東堡[84]調度[85]。這廂賀總兵差副將麻承宣[86]，領
兵一支，回守瀋陽，自己領兵趕至渾河[87]沿，與寇瀋陽賊兵大殺，奪獲鉤
梯[88]挨牌[89]三千多副，斬獲首級，奪獲夷馬，救回被擄人畜不計其數。柴總
兵又領本部兵馬，直至小尖山・楡條寨，抵住奴酋，寇奉集人馬，也斬獲數
多，奴兵只得退兵而去。經略到瀋陽，重賞有功將士。將哨探不遠撫順遊
擊，綑打[90]四十，靖夷坐營，綑打四十，千總饒斬，綑打一百，責令[91]立功。
自己因病衄血，又因回鎮東堡時，馳馬急行，從馬上昏倒下地，半日始醒。
十六日，至遼陽，告病，聖旨不准，只得力疾視事，巡撫周永春[92]又丁憂[93]回

---

83 邢分守(형분수): 分守將 邢愼言인 듯. 陳子龍이 편찬한 《皇明經世文編》권482의 〈答
監軍道邢參議(備禦瀋陽)〉과 〈答監軍道邢參議(守瀋排兵)〉 및 《明史》列傳 147 〈袁崇煥〉
등을 통해 알 수 있음. 명나라 때에 一方을 總鎭하는 것을 鎭守라고 하고 一路을 獨鎭하는
것을 分守라 하였으며, 一城이나 一堡를 각기 지키는 것은 守備라 하고, 主將과 더불어
같이 一城을 지키는 것이 協守이다. 遼東을 鎭守하는 관은 총병관 1인이며, 廣寧에 설치
하였다가 河東遼陽으로 옮겨서 海州와 瀋陽을 조달하고 지원하고 방어하였다. 협수로 부
총병 1인이 있고 분수로 參將 5인이 있었으며 遊擊將軍이 8인, 守備가 5인, 坐營中軍官이
1인, 備禦가 19인이었다.

84 鎭東堡(진동보): 중국 遼寧省의 鳳凰城 근처에 있던 보. 당나라 태종이 고구려를 정벌
할 때에 薛劉店이다. 薛仁貴와 劉仁願이 여기서 용병을 하였기 때문이라 한다. 명나라
때는 진동보라 일컬었다.

85 調度(조도): 벌어지는 사태를 잘 살펴서 필요한 대책을 세워 행함.

86 麻承宣(마승선): 명나라 麻貴의 후손으로 洮, 岷의 부총병을 지냄.

87 渾河(혼하): 중국 遼寧省을 흐르는 강으로, 遼河 강의 한 지류.

88 鉤梯(구제): 갈고리가 달린 사다리.

89 挨牌(애패): 방패. 진영 앞에 세워 화살을 막는 것이다.

90 綑打(곤타): 결박하고 때림.

91 責令(책령): 책임을 과함.

92 周永春(주영춘): 명나라 山東 金鄕人. 자는 孟泰, 호는 毓陽. 1601년 진사가 되었다.
知縣으로 좋은 치적을 올려 禮科都給事中에 발탁되고 太常少卿으로 승진했다. 亓詩敎와
함께 齊黨의 영수가 되었다. 나중에 遼東巡撫가 되었지만 전란의 와중에 군량을 이동시키
면서 힘겹게 분투하다가 2년 뒤 파직되어 돌아왔다. 天啓 초에 言官이 開原을 잃었던 죄
를 다시 거론해서 戍자리를 갔다.

籍[94], 熊經略獨力支撐。又虧得七月間新皇[95]登極, 特發帑銀[96]一百萬兩, 解赴犒賞[97], 軍聲大振。

八月中, 經略打聽得賊中饑餒, 已分付副將尤世功[98], 同川將周世祿・土司[99]彭宗卿, 在麥子山巡哨, 自己往瀋陽鎮守[100], 以便賀總兵可以出兵救援。復至奉集, 二十一日, 只聽得傳有砲聲, 報奴兵數萬圍住蒲河[101]。經略便着薛守道看守奉集, 自己披甲[102]上馬, 督領副將李秉誠往救。正行之間, 又報瀋陽被圍, 復差川土兵周世祿, 前往援救。到時恰值賊攻北門, 城壕火砲齊發, 經略中軍朱[103]副總, 卽便督率各將, 向前砍殺。經略已督兵,

---

93 丁憂(정우): 부모의 喪事를 당함.

94 回籍(회자): 임지를 떠나 고향이나 본적지로 돌아감.

95 新皇(신황): 명나라 제14대 황제인 光宗을 가리킴. 재위기간은 1620년 8월 28일부터 9월 26일까지 29일간이다. 그는 神宗의 뒤를 이어 황위에 올랐으며 年號를 泰昌이라 하였다. 즉위를 전후로 하여 그는 後金의 침입을 막고 있던 遼東의 병사들에게 황실의 재정인 內帑으로 160만 냥의 은을 지급하여 사르후[薩爾滸] 전투의 패배로 어려움에 빠져 있던 明軍을 정비하려 하였다. 그리고 원성이 높던 鑛稅使의 파견을 중지시켜 사람들의 기대를 모았다.

96 帑銀(탕은): 內帑庫의 銀. 내탕고는 금은, 비단, 포목 등 황제의 사유재산을 관리하는 御庫인데, 그곳의 은을 가리킨다. 이곳에 보관되어 있던 재물을 가지고 나라에 천재지변이나 극심한 흉년이 들었을 때 백성들을 구휼하기도 하고, 관료들에게 특별포상을 실시하기도 했다. 이를 통해 황실의 권위 및 체면을 유지했다.

97 犒賞(호상): 군사들에게 음식을 차려 먹이고 상을 주어 위로함.

98 尤世功(우세공, ?~1621): 명나라 말기의 장수. 瀋陽 유격을 역임하였고, 1618년 後金의 撫順을 공격했을 때 張承胤이 패배하자 그도 탈출하여 고향으로 돌아가 체직되었다. 경략 楊鎬가 그는 중상을 입었지만 재주가 뛰어나니 격려할 만한 자라고 말하여 補武精營의 유격이 되었다. 양호가 네 방면으로 군대를 출정시킬 때 그는 李如柏의 휘하에서 부총병으로 심양을 지켰고, 熊廷弼이 양호를 대신하였을 때도 그의 재주를 아껴 副將 朱萬良과 함께 의지하고 신임하였다.

99 土司(토사): 土官이라 하는데, 고대 중국 변경의 관직명. 그래서 토사병은 토관의 직접 통제를 받은 비정규 군대이다. 壯族과 瑤族이 주를 이루었다. 용맹하고 잘 싸웠기 때문에 명나라는 각지의 비적 토벌 등에 썼다.

100 鎮守(진수): 군사적으로 아주 중요한 곳을 군대를 주둔시켜 든든하게 지킴.

101 蒲河(포하): 중국 撫順과 鐵嶺 지역으로 가는 길목에 있는 石台子山城의 동남쪽에 흐르는 강.

102 披甲(피갑): 갑옷을 입음. 무장을 함.

殺散蒲河奴兵, 又親自領趙[104]副將‧羅[105]參將, 各兵策應[106]。奴兵退守灰山[107], 經略又親至山下, 督兵攻打。奴兵不出, 至二十三日黑夜, 潛往石碑山‧塔兒峪, 兩處出境。經略知是山險, 且奴慣用伏兵, 因傳令班師[108]。因至瀋陽, 大賞將士, 申飭以防再擧。這戰若非經略往來督戰, 那一個肯竭力盡心! 熊經略之在遼東, 不惟心勞, 力亦殫矣。

　　爲念君恩重, 何辭百戰艱。
　　直敎胡馬盡, 不敢度陰山[109]。

　　監工[110]督戰, 爲徇官裨將所不欲爲, 非實心體國, 何以如此! 若人也, 如今那得來, 那得來!
　　一味實心任事, 乃蒙剛愎[111]之名, 嘗讀其奏疏書牘, 令人淚落。

---

103 朱(주): 朱萬良을 가리킴.

104 趙(조): 趙率敎를 가리킴.

105 羅(나): 羅一貴(?~1622)을 가리킴. 명나라 甘州衛人. 天啓 초에 參將으로 平西堡를 지켰다. 遼陽이 함락되자 평서가 抗淸의 요충지가 되었는데, 전력을 다해 적의 진군을 막았다. 副總兵이 더해졌다. 청나라 군대가 공격하자 중상을 입은 상태에서 화살마저 바닥이 나자 자살했다.

106 策應(책응): 벌어진 일이나 사태에 대하여 알맞게 헤아려 대응함.

107 灰山(회산): 遼東都指揮使司 廣寧前屯衛 소속의 서북쪽 75리에 있는 산.

108 班師(반사): 군사를 거느리고 돌아옴.

109 陰山(음산): 중국 崑崙山 북쪽을 일컫는 말.

110 監工(감공): 《禮記》〈月令〉의 "백공이 모두 일을 다스리거든 공인을 감독하는 관인이 날로 호령하되, '사시의 절서를 어기지 말며 혹시라도 지나치게 공교로운 것을 만들어서 군주의 마음을 방탕하게 하지 말라'고 한다.(百工咸理, 監工日號: '毋悖于時, 毋或作爲淫巧, 以蕩上心.')"에서 나오는 말. 여기서는 공무를 감독한다는 뜻으로 쓰인 듯하다.

111 剛愎(강퍅): 성질이 깐깐하고 고집이 셈.

第七回 易經臣禍產亡遼 收降夷謀疎覆瀋

疆宇烽煙息, 岩廊[1]議論生。

父書[2]名易起, 遺矢[3]謗誰明。

騎劫[4]新持鉞, 昌平[5]早退耕。

卻憐玄菟[6]地, 擾擾滿干旌[7]。

1　岩廊(암랑): 조정.

2　父書(부서): 徒讀父書. 오직 집안 대대로 전해온 글만 읽었지 進取나 변통할 줄 모르는 고루한 사람을 가리키는 말. 전국시대 趙나라의 名臣 藺相如가 명장 趙奢의 아들 趙括을 일러, "임금께서 이름만 듣고 조괄을 쓰려하시는 것은 마치 기둥을 아교로 붙여두고 거문고를 타는 것과 같습니다. 조괄은 한갓 자기 아버지의 글만 읽었을 뿐, 변통할 줄을 알지 못합니다.(藺相如曰: 王以名使括, 若膠柱而鼓瑟耳. 括徒能讀其父書傳, 不知合變也.)"라고 한 데서 나온 말이다.

3　遺矢(유시): 소변이라는 뜻이나, '헐뜯는 말'을 의미함. 《史記》〈廉頗列傳〉에 의하면, 전국시대 趙나라의 廉頗가 조나라에서 失勢하고 魏나라에 가 있었는데, 趙王은 다시 그를 등용하려고 사람을 보내어 쓸 만한지의 여부를 조사하게 했다. 염파는 사자에게 쓸 만하다는 것을 보이기 위해 한 끼에 밥 한 말과 고기 열 근을 먹었으며 갑옷을 입고 말에 올라 달리기도 했다. 그러나 염파의 원수인 郭開에게 뇌물을 받은 사자는 돌아와 조왕에게 보고하기를, "염파가 아직 밥은 잘 먹으나 신과 얼마 앉아 있는 동안 변소를 세 번이나 갔습니다.(廉將軍尙善飯, 然與臣坐頃之三遺矢矣.)"라고 하여, 조왕은 염파가 늙은 줄 알고 부르지 않았다 한데서 유래한 말이다.

4　騎劫(기겁): 전국시대 燕나라 장수. 연나라 昭王이 죽고 惠王이 즉위하였는데, 上將軍 樂毅와 사이에 갈등이 있자 齊나라의 田單이 反間計를 써 악의가 모반하려 한다는 소문을 퍼뜨림으로써 악의는 해임되고 대신 등용된 인물이다. 《史記》〈樂毅列傳〉에 의하면, 악의는 원래 魏나라 사람으로 연나라 소왕에게 등용되어 상장군으로서 燕·趙·楚·韓·魏 다섯 나라의 군사를 이끌고 제나라의 莒와 卽墨을 제외한 70여 성을 함락시켰지만, 혜왕에 의해 소환되자 誅罰될 것을 염려하여 趙나라로 망명하였다. 그러나 악의보다 능력이 못했던 기겁은 군사를 이끌고 출정했다가 결국 전단의 火牛에 대패하고 그 역시 죽고 말았다.

5　昌平(창평): 昌平伯 田單을 가리킴. 《宋史》〈志〉 제58에 의하면 田單 昌平伯으로 나온다. 전단은 전국시대 齊나라 사람이다. 燕나라 昭王이 樂毅의 계책을 받아들여 莒와 卽墨 두 성만 빼고 제나라의 성 70여 개를 함락시켰는데, 소왕의 뒤를 이은 惠王이 참언을 듣고 악의 대신 騎劫을 등용하여 전투하는 사이에 전단이 소꼬리에 불을 붙여 연나라를 격파시키고 이전에 잃어버린 땅을 수복하여 그 공으로 相國이 되었고 安平君으로 봉해졌다.

凡事從來有一個去擔當的, 叫任事；有一個謀議的, 叫論事[8]。這論事的極易, 身子在局外, 或憑着一人之見, 或聽了別人之言, 可以信口說得。那任事極難, 肩了一個, 前靠不得, 後推不去擔子, 撞了一班, 左呼不應, 右招不來時節, 眞是自痛自知, 自結自解[9]。若沒些主持, 憑着人走, 莫說干人[10]百議, 不能盡從, 便從了, 這事有功, 便道："是我代他籌畫[11]。"；事若失手, 偏又道："他不能盡依." 歸罪于他, 洗脫[12]自己。若是一個持守得定, 獨行其是的, 卻又說他自矜愎諫[13], 捉風捕影[14], 誹謗着他, 直要弄壞[15]朝廷事, 以博自家先見。

熊經略在遼東年餘, 雖不能大有斬獲, 且至時有損失, 但當日來時, 遼陽

6　玄菟(현도): 연나라 땅임을 가리킴. 司馬遷의 《史記》〈燕召公世家〉에 붙은 鮑彪의 注에 "燕나라는 동쪽으로는 漁陽·右北平·遼西·遼東이며 서쪽으로는 谷·代郡·鴈門이었다. 그리고 남쪽으로는 涿郡의 易·容城·范陽이었으며 북쪽으로는 新城·故安·涿縣·良鄕·新昌이었다. 渤海의 安次·樂浪·玄菟 역시 이에 속하였다."라 하였다.

7　干旌(간정): 깃대 머리 위에 꿩 깃털을 갈라서 꽂아 놓은 것.

8　凡事從來有一個去擔當的, 叫任事 ; 有一個謀議的, 叫論事(범사종래유일개거담당적, 규임사 ; 유일개모의적, 규논사): 중국 명나라 말기인 1644년경 만들어진 洪自誠의 《菜根譚》에 "일을 의논하는 사람은 자신의 몸을 그 일 밖에 두고 남김없이 일의 손익에 대해 살펴야 하고, 일을 맡은 사람은 자신의 몸을 그 일 가운데 두고 자신의 손익에 대한 생각을 버려야 한다.(議事者, 身在事外, 宜悉利害之情 ; 任事者, 身居事中, 當忘利害之慮.)"고 설명하고 있는 말. 곧 일을 기획하고 자문을 하는 사람들은 훈수하는 입장으로 저 만치 서서 일을 객관적인 사고로 바라보면서 이해를 따져야 하지만, 일을 수행하는 사람들은 오로지 일 중심에 서서 이해를 따지지 말고 무조건 목표 달성을 위하려 전력을 다해야만 한다는 의미이다.

9　自結自解(자결자해): 《莊子》〈大宗師〉의 "사람들이 스스로 풀려나지 못하는 것은 사물이 그것을 묶어놓고 있기 때문이다.(不能自解者, 物有結之.)"를 활용한 표현.

10　干人(간인): 수완 있는 사람.

11　籌畫(주획): 계책을 짜고 계획을 세움.

12　洗脫(세탈): 변명함. 책임을 회피함.

13　愎諫(퍅간): 완고하여 남의 충고를 받아들이지 않음.

14　捉風捕影(착풍포영): 程顥가 王安石에 대하여 말하기를 "參政(왕안석)의 학문은 마치 바람을 잡고 그림자를 잡는 것과 같다.(參政之學, 如捕風捉影.)"라고 한 데서 나온 말. 매우 근거가 없이 허황된 것을 이르는 말이다.

15　弄壞(농괴): 망침. 망가뜨림.

百姓還要逃亡, 如今固住了瀋陽;當日將官出戰, 望風先逃, 道臣撫慰, 洒
淚不往, 如今都有固志;當初以十餘萬精兵, 敗于奴手, 如今今日在瀋陽
抵敵, 明日在蒲河截殺, 或守奉集堡, 或守虎皮驛, 或守清河‧撫順, 或守
寬奠‧鎮江, 還也修城開壕, 採靑牧馬。況且常時巡歷, 以察軍心, 常時搜
緝, 以絶奸細, 全遼也成一個光景了。奈是實心做事, 自然沒有情面, 司道
不肯任事的, 自然要逼任事, 將官不肯用心戰守, 用心體恤[16]軍士的, 自然
要他用心, 不免加以嚴威。況且爲索兵, 累累上本, 道他催迫不前, 兵部
怨;爲索餉, 累累上本, 道他轉運不時, 戶部怨;索器械, 累累上本, 道他
器械不堅利, 工部怨;馬匹不肥膘, 僕寺怨;斬逃將懦將, 要逃的必定怕
他怪他;斬貪將貪婪[17], 要錢者必忌他謗他。仇口[18]旣多, 傳揚[19]又容易失
眞[20]。 更有爲國事緊的, 反覺他似做事懈;爲屬望[21]他重的, 反覺他立功
遲, 不能無說。到一辯之後, 又惹出他求勝心來, 越發[22]要搜求過失, 一唱
數和, 必至不能安其身纔止。故此當日熊經略, 有人[23]道:"他兵馬不訓練,
將領不部署[24], 人心不戰附, 專事工作[25], 獨尙威嚴, 廢置群策群力, 而獨智
獨賢[26]。"熊經略自想歷任來, 有功無過, 所奏不實, 如何心服, 如何不辯。

---

16 體恤(체휼): 상대방의 입장에서 불쌍히 보살핌.

17 貪婪(탐람): 이욕 등을 탐함.

18 仇口(구구): 원수진 사이. 서로 원한이 있는 사람.

19 傳揚(전양): (명성 따위가) 널리 전파되어 퍼짐.

20 失眞(실진): 眞相과 어긋남. 사실과 부합되지 않음.

21 屬望(촉망): 장차 훌륭하게 될 것이라고 바라고 기대함.

22 越發(월발): 더욱. 한층.

23 有人(유인):《明史》109권에 따르면 姚宗文을 가리킴. 요종문이 요동을 순찰한 후 熊
廷弼을 비방하는 보고를 올려 결국 웅정필 대신 袁應泰에게 요동 방비의 임무가 넘어갔
다. 그 비방의 보고서는 "軍馬不訓練, 將領不部署, 人心不親附, 刑威有時窮, 工作無時止."
라 하였다.

24 部署(부서): 배치함. 안배함.

25 工作(공작): 어떤 목적을 위하여 미리 일을 꾸밈.

26 獨賢(독현):《詩經》〈北山〉의 "나만 홀로 현명하여 노고하네.(我獨賢勞.)"라 한 데서
나오는 말. 國事에 혼자 오래 고생한다는 의미이다.

一辯之後，自然群起，又有[27]道他八無謀三欺君的，又有[28]道上方之劍[29]，僅供作威之具的，又有[30]道以破壞遼陽，推之後人，以爲聞胡馬驕嘶，心膽墜地的。熊經略已告病求去，至此竟繳了尙劍方[31]，辭職，又求勘以明白自己心迹。先時聖上也慰留，到後邊道是市虎成于三人[32]，人言屢至，慈母也投杼[33]，次後准他回籍，未後着勘明，以明功罪。

先時已陞袁應太[34]做遼東巡撫，如今又陞他做經略，熊經略就將旗牌冊卷盡行交與袁撫，又上一個本，說當日受代于楊經略，今日交代與袁經略。人民，城堡，兵馬，錢糧，器械，西虜，奴賊，見事事皆經略大聲疾呼爭口閒氣得來，皆經略廢寢忘湌吐血嘔肝幹辦[35]得，皆經略身親脚到口籌手

---

27 又有(우유)：《明史》109권에 따르면 어사 馮三元을 가리킴. 그가 熊廷弼을 탄핵한 것이 '無謀者八, 欺君者三'으로 파직시키지 못하면 요동은 반드시 지키지 못하게 해야 한다고 했다.

28 又有(우유)：《明史》109권에 따르면 어사 顧慥를 가리킴. 그가 熊廷弼을 맨 먼저 탄핵하였는데, 웅정필이 "포하를 지키지 못하고도 숨겨 황제에게 아뢰지 않았고, 창을 멘 군사들은 물길 뚫는 데나 쓸모 있는 데도 상방검으로 자기 마음대로 권위를 내세웠다.(蒲河失守, 匿不上聞；荷戈之士徒供挑浚, 尙方之劍逞志作威.)"이다.

29 上方之劍(상방지검)：尙方之劍의 오기. 상방검은 全權을 위임하면서 임금이 대신이나 장수에게 내려 주는 검을 말한다.

30 又有(우유)：《明史》109권에 따르면 어사 張修德를 가리킴. 명사에 "禦史張修德複劾其破壞遼陽."이라 기록되어 있다.

31 尙劍方(상검방)：尙方劍의 오기.

32 市虎成于三人(시호성우삼인)：《戰國策》〈魏策〉의 "시장에 호랑이가 없다는 것은 분명한 일인데도 세 사람이 이야기하면 기정사실화 된다."라고 한 "市虎成於三人"의 고사에서 유래된 말.

33 慈母也投杼(자모야투서)：근거 없는 뜬소문도 여러 번 들으면 사실로 여기게 된다는 뜻.《戰國策》〈秦策〉에 의하면, 曾參과 성명이 같은 자가 살인을 하였는데, 曾子의 어머니가 베를 짜고 있을 때, 누가 와서 曾參이 사람을 죽였다고 하자 그 말을 곧이듣지 않더니 세 번째 사람이 와서 똑같이 고하자 그 말을 사실로 믿은 나머지 북을 던지고 담을 뛰어넘어 도망갔다는 고사이다.

34 袁應太(원응태)：熊廷弼 후임으로 요동을 책임진 인물. 유능한 행정관리였으나 軍略은 모르는 인물이었다. 1595년 진사가 되어 지현, 工部主事, 兵部武選郎中, 兵備副使 등을 역임했다. 1620년 右僉都御史를 거쳐 兵部右侍郎이 되어 요동 군사 업무를 담당했다. 청군이 요동을 공격했을 때 성이 함락되자 자결하였다.

35 幹辦(간판)：책임을 지고 사무를 처리함.

畵所親授。又道曾遣監軍, 與諸將商議, 今冬揚兵撫順, 明春移各路兵六七萬, 札³⁶三大營, 于撫順城下, 四面繞以戰車, 環以木城, 對賊五六十里, 彼此相持。別遣毛兵浙兵出寬甸, 川兵土兵出淸河搗剿, 後豎招降³⁷旗, 懸擒逆賞格, 不出一兩月, 必有內應, 一應³⁸軍中棚帳鍋口之類, 已檄諸將秘辦。是交代方略。又自比喩是人家, 有盜劫火燒者, 垣墻屋壁‧什物財帛‧僮僕, 焚掠罄盡, 主人東丐而西乞, 操作攻苦, 撑支成一家當³⁹, 亦欲自己受用⁴⁰, 無奈宅不安, 人常生疾病, 又官訟誣纏而陷之死, 自不得不舍之而他適? 又道年來廟堂議論, 全不諳軍中情實, 第憑賊報緩急爲戰守。爲新經臣慮, 如臺省⁴¹言, 再不可徵調空諸邊, 再不可騷費空海內, 遼必喪言者之手; 如戶兵工部仍前⁴²咨討不理⁴³, 遼必喪各部之手。爲新經臣慮, 徵調, 兵部但以一咨出門⁴⁴了己事, 省鎭但推老弱出境了己事, 雖再添十八萬兵, 亦無用。爲新經臣慮, 地方事, 當聽地方官爲之, 處凶地, 肩重擔, 自能區處⁴⁵停妥⁴⁶, 幹辦緊急, 何用拾括帖語亂人意而一不聽, 輒憒人參人; 至違制僨師⁴⁷, 大將之事; 零碎損掠, 有無隱匿, 道將之事, 俱以罪經略, 議論不省, 文墨不寬。爲新經臣慮, 爲經臣止, 以爲封疆慮, 爲國家慮也。經過北京, 具本謝恩, 回籍聽勘⁴⁸。

---

36 札(찰): 紮의 오기.
37 招降(초항): 투항을 권유함.
38 一應(일응): 모든.
39 家當(가당): 家産.
40 受用(수용): 이익을 얻음. 덕을 봄.
41 臺省(대성): 尙書省‧門下省‧中書省의 합칭.
42 仍前(잉전): 전과 같이. 이전대로.
43 不理(불리): 방임함. 무시함. 상관하지 않음.
44 出門(출문): 집을 떠나 멀리 감.
45 區處(구처): 이리저리 변통하여 처리함.
46 停妥(정타): 타당함. 적절함.
47 僨師(분사): 군사를 무너지게 함.
48 聽勘(청감): 국문을 받음.

望重疑原重，功多讒自多。

頓將經濟手，棄擲歸山阿。

這廂袁經略蒞事[49]，也大振作一番，撫順用總兵賀世賢·李秉誠·張良策·尤世功·朱萬策[50]·童仲揆[51]六員，監軍副使張愼言·高出[52]二員，兵五萬防守；清河用總兵侯世祿[53]·梁仲善·姜弼三員，監軍副使牛維曜，兵三萬防守；寬奠，總兵劉光祚，監軍胡加棟，兵二萬防守；遼陽，總兵劉孔胤，部兵一萬防守。其餘瀋陽·蒲河，各屯兵一萬，奉集堡屯兵七千，以總兵祁秉忠管理。聯絡照應，極其詳密；人馬器械，極其精强。奴酋因探知熊經略去任，袁經略新來，忽然發兵數萬，突攻奉集堡，被高監軍督兵將火器流水打去。雖不曾打傷得奴酋精銳人馬，但是奴酋驅迫來新降遼民充作前隊的，已打死數百。又得朱總兵帶兵從奴酋後面沖殺，開原道崔[54]副使又領兵來援，一路塵頭障日，奴酋遂退兵回去。

只是當先熊經略嚴厲，凡有降夷，都分配各軍，不使一處，又着將官潛行緝訪[55]，若有可疑，是奸細卽行處斬，做事甚密，人不知他殺降，也並沒一個做得奸細。到了袁經略，秉性仁慈，他道夷人以窮來投我，若殺之，是阻了後來之心。賀總兵又道："降夷中儘多猛勇堪戰的，不若收他爲用，以夷

---

49 蒞事(이사): 부임하여 실무를 봄.

50 朱萬策(주만책): 朱萬良으로 표기되기도 함.

51 童仲揆(동중규, ?~1621): 명나라 말기의 장수. 都指揮로서 四川都司를 통제하였으며, 萬曆 말년에 副總兵으로 발탁되어 熹宗 때 요양과 심양에 주둔하였다. 遼東經略 袁應泰의 명을 받아 1621년 전투에 참여했다가 전사하였다.

52 高出(고출, 1579~1630): 海陽縣 徽村人. 曲周, 戶部主事, 郎中, 江南布政使司參議, 山西按察使, 按察副使, 遼東監軍道 등을 역임하였다.

53 侯世祿(후세록, ?~1646): 宣府總兵 右都督. 용감하고 날쌔어서 여러 차례 전공을 세웠으나 향리에 있었다. 闖賊이 楡林을 침범했을 때 결사대를 모집하여 성위에 줄 매달고 적을 공격하며 성을 나누어 지키다가 전사하였다.

54 崔(최): 崔儒秀(1569~1621)를 가리킴. 자는 徵初. 명나라 陝州 사람. 1621년 후금과의 요양성 전투에서 목을 매달아 죽었다.

55 緝訪(집방): 수색함.

攻夷."以此來的都收, 也不行分方安插[56], 就留在遼陽 · 瀋陽城中。又要得他的心, 他在城中奸淫强奪, 也不甚鈐制他, 民心甚是不悅, 卻已內中藏有奸細了。

　　到了二月十一, 只見奴酋帶領各王子 · 佟養性[57] · 李永芳, 人馬約有五六萬, 帶有雲梯鉤竿, 十一日夜半渡了渾河, 十二日直抵瀋陽。各墩臺[58]都放號砲 · 擧烟, 經略知得, 一面分付奉集將士固守本堡, 一面督陳策[59] · 童仲揆二將前往救應。此時瀋陽是熊經略先時料理, 周圍有兩重城壕, 引着水圍遶, 壕內密擺砲車, 賀總兵與尤總兵聽得賊至, 把兵沿濠擺列, 分付賊到百步方放火砲, 城上也發銃砲。奴酋兵馬早已備御, 都把五六寸厚的大板做捱牌[60]似攔抵[61]在前邊, 擋着銃砲, 後邊一層排着弓箭手, 後邊把車子載着泥土, 要塡溝塹[62], 車後是鐵騎, 正如宋時金兵用的鐵浮圖[63]。人馬都掛鐵甲, 只剩兩眼, 鎗箭急切不能透入, 只待木板當過了火砲, 乘我兵裝放火藥, 他就發箭亂射我兵馬, 使不得拒他。這番就把泥塡壕, 一塡就縱

---

56 安插(안삽): 알맞은 위치에 배정함.

57 佟養性(동양성): 명나라 말기의 여진인으로 명나라의 관직을 받았으나 이후에 건주여진으로 투항한 인물. 아버지를 따라 명나라에 투항하여 요동에 정착하였다. 1616년 누르하치가 後金을 건국하자, 그와 내통하였고 撫順을 함락하는 데 기여하였다. 누르하치가 종실의 여인을 아내로 주었으므로 어푸(額駙, efu) 칭호를 받았고 三等副將에 제수되었다. 1631년부터 귀순한 漢人에 대한 사무를 전적으로 관장하게 되었고 火器 주조를 감독한 공으로 암바 장긴(大將軍, amba janggin)이 되었다. 1632년 홍타이지가 차하르(察哈爾, cahar) 몽골을 공격할 때에 심양에 남아 수비하였는데, 이때 병으로 사망하였다.

58 墩臺(돈대): 전략적 요충지에 설치하여 적의 침입이나 척후 활동을 방어하기 위해 쌓은 소규모 방어시설. 곧, 경사면을 절토하거나 성토하여 얻어진 계단 모양의 평탄지를 옹벽으로 받친 부분이다.

59 陳策(진책): 川浙 總兵. 1621년 심양성 전투 당시 명나라 최정에 장창병 부대를 거느리고 싸웠지만 끝내 패하고 말았다.

60 捱牌(애패): 挨牌의 오기.

61 抵(난): 阻의 오기.

62 溝塹(구참): 塹壕.

63 鐵浮圖(철부도): 金나라가 자랑한 정예부대. 중갑 기병을 선두에 세워, 3기의 말을 쇠가죽으로 하나로 묶어 전진시켜 적진을 돌파하는 것으로 유명하였다.

鐵騎過來沖殺，隨帶雲梯鉤竿攻城。喜是兩個總兵督率兵士，城上城下，火砲分番[64]打放，奴兵不得近城，彼此都傷了些人。

這邊經略差侯總兵去搗巢，要驚他內顧[65]，卻緩不及事。朱總兵、姜總兵帶了二萬兵，離城十來里下了寨，不敢前來。遊擊周敦吉[66]要領兵渡河，與瀋陽裏應外合[67]，夾攻奴酋，陳・童兩總兵又不肯。瀋陽沒救兵。先時張御史銓[68]巡按瀋陽，見城裏降夷多得緊，防有奸細，分付奴兵臨城，畢竟分發這干出城，不可留在城內。此時賀總兵道：“隔他城裏，還聲息不聞；若放在城外，容易走漏軍機。仍留着，只是差兵巡察，可以無患.”

苦守十多日，奴兵見無救兵，分兵急攻。可怪火藥鳥嘴[69]・佛郎機[70]，因連放熱了，反炸開[71]，不打奴兵，倒打了自己，不免驚亂，奴兵趁這個釁隙[72]，把土壤壕，直向東門。賀・尤兩總兵，還分付將士在城下堵[73]殺，不料外邊虜兵吶喊，裏邊降夷也一齊吶起喊來，數處火起，兵士便無心戀戰[74]。一起[75]奴兵，他是赤身持刀，只帶一頂盔的，極其猛勇，乘亂飛身跳上城來，亂砍守城兵馬，下面降夷已砍開東門，奴兵大進。賀・尤兩總料已不濟事，領了些敗殘人馬，從西門殺出，不知下落[76]。可惜熊經略任勞任怨[77]築就

64 分番(분번): 교대로 함.

65 內顧(내고): 뒤를 돌아봄.

66 周敦吉(주돈길): 四川省 永寧 參將.

67 裏應外合(이응외합): 밖에서 공격하고 안에서 응함.

68 張御史銓(장어사전): 張銓(1577~1621). 山西省 沁水縣 竇莊사람. 監察御史로 遼東을 巡按했는데, 遼陽이 後金軍의 공격을 받아 함락된 후에 목을 매어 순국하였다.

69 鳥嘴(조취): 鳥嘴銃. 화약을 넣고 납 탄알을 재어 쏘는 명나라의 총.

70 佛郎機(불랑기): 명나라 때 포르투갈 사람이 전래한 대포.

71 炸開(작개): 폭발함.

72 釁隙(흔극): 틈새.

73 堵(도): 屠의 오기인 듯.

74 戀戰(연전): (전과를 탐내어) 싸움터를 떠나기 아쉬워함.

75 一起(일기): 한 무리.

76 不知下落(부지하락): 어디 갔는지 행방을 잘 모름을 이르는 말.

77 任勞任怨(임노임원): 노고를 마다하지 않고 원망을 두려워하지 않음.

一個城子, 千辛苦苦聚集得一城人民, 只十餘日裡面送與奴酋。(奴酋)又
反得了許多錢糧軍火器械, 來攻打奉集堡幷遼陽城, 豈不更是可恨! 正是:

　　援絕孤城嘆不支, 幾多膏血飽胡兒。
　　卻思當日經營者, 拮据[78]渾忘寢食時。

　　讀熊經略交代一疏, 一片直言, 許多心血, 敍一己之經營。夯他人之失
陷, 瞭如指掌。乃卒使其言驗, 何耶? 而尤可恨者, 牽制其身而失河東, 究
又虛拘其身而失河西耳。
　　劉庶常曰: "今之人, 眼眶甚小, 唇舌極多, 事至束手無策, 事平議論風
生[79], 議論生而禍亂生矣。正驅熊用袁之事也."

---

78 拮据(길거): 곤궁함. 궁핍함.
79 議論風生(의론풍생): 의론이 바람처럼 일어남.

第八回 侍御罵賊殉節 兩賢殺身成仁

野風驚, 胡日慘, 陣雲[1]愁。聽夜深, 羌管[2]悠悠。孤城繚繞, 攀頭一望滿戈矛。
爲問援師, 何處也? 鼓冷邊頭。怒難平, 眉半閒, 腸九折, 淚雙流。拚此身, 碎首
氈裘[3]。還悲還恨, 三韓失陷, 倩誰收? 身亡城覆, 向九原[4], 猶自貽羞。
右調《金人捧露盤》

語有云: "封疆之臣, 當死封疆。" 只因朝廷把這個地方託我撫, 託我守,
託我巡, 或託我鎮守, 託我守備, 把一完全地方與我, 自當把一個完全地方
還朝廷。故存則俱存, 亡則俱亡, 不可苟且貪生, 上負朝廷付託, 下負一己
名節, 方叫奇男子, 烈丈夫。況我朝廷又待死節之臣不薄, 卽如遼東死事
的, 淸撫死事總兵張承胤[5], 賜諡, 祭三壇[6], 立祠, 贈額'旌忠。'; 四路出師死
事劉挺[7], 贈左都督 · 少保; 王宣[8], 贈左都督 · 少保, 蔭[9]一子本衛指揮僉事

1　陣雲(진운): 층층으로 두껍게 쌓여서 마치 戰陣처럼 보이는 구름을 말함. 옛사람들이
　　이것을 전쟁의 조짐으로 여겼다.
2　羌管(강관): 羌笛. 북방 민족의 악기.
3　氈裘(전구): 털옷을 짜서 만든 갖옷. 서북 지방의 오랑캐들이 입으므로 西羌이나 흉노
　　의 추장을 가리킨다.
4　九原(구원): 사람이 죽은 뒤 그 영혼이 가서 산다는 세상.
5　張承胤(장승윤, ?~1618): 張承蔭이라고도 함. 누르하치가 撫順城을 함락하자, 그는
　　무순성을 구원하려고 1만 병력을 이끌고 달려갔으나, 누르하치의 팔기군에 궤멸당하고
　　자신의 부하 지휘관들과 함께 전사했다.
6　祭三壇(제삼단): 天 · 地 · 人의 三壇을 설치하여 맨 위에는 日月星辰의 位를 설치하고
　　중간에는 名山大川의 神位를 설치하며 맨 아래에는 歷代 名將들의 신위를 설치한 제사를
　　죽은 이를 위해 임금이 禮官을 보내어 주관했다는 말.
7　劉挺(유정, 1558~1619): 劉綎의 오기. 명나라 말기의 장군. 본명은 龔綎이다. 임진왜
　　란 때는 副總兵으로 조선에 와서 휴전 중에도 계속 머물렀고, 정유재란에서는 總兵으로
　　승진해 西路軍의 대장이 되어 순천 싸움에서 고니시 유키나가를 공격했지만 저지당하였
　　다. 그 후 播州土官 楊應龍의 반란을 진압하는데 공을 세웠다. 120근짜리 鑌鐵刀를 썼다

世襲, 賜諡, 立祠, 加祭葬；杜松[10], 贈少保・左都督, 蔭一子本衛正千戶,
立祠, 賜祭葬；趙夢麟[11], 馬林[12], 伏[13]原職, 贈二級, 襲陞二級, 從祠附祭；
潘宗賢[14], 贈光祿正卿, 蔭一子錦衣衛百戶世襲, 賜諡, 立祠；董爾勵[15]・
張文炳, 贈按察司[16]僉事, 蔭一子入監讀書, 從祠附祭。其餘死的, 俱贈官
升蔭。朝廷優禮死者, 更足激厲生者, 豈(有)不死于王事, 反因逃遁, 死于
王法之理!

　　瀋陽陷沒, 軍民逃散。報至, 周遊擊大怒道: "我等不能殺賊, 救全瀋陽,
朝廷何用養我們, 我們三年在此做甚麼!"衆將俱各奮怒, 石砫土官秦邦
屏[17]道: "賊兵前次[18]攻陷開・鐵, 都沉醉而去。今得瀋陽, 畢竟也如此。我
何不殺擊他惰歸!"便率本部渡渾河前行, 周遊擊也揮兵竝進, 只剩總兵戚
金[19]・張名世[20]兩個, 屯營河南, 做後援。衆兵纔渡得河, 不期奴酋這番竟

고 해서 劉大刀로 불렸으며, 黑虎將軍으로 존칭되었다고 한다.
8　王宣(왕선): 保定 總兵으로 杜松 총병을 보좌한 인물.
9　蔭(음): 蔭職. 조상의 덕으로 하는 벼슬.
10　杜松(두송, ?~1619): 명나라 말기의 武將. 용감하고 전투에 능하여 변방의 민족들이
그를 '杜太師'라고 불렀다. 명나라 大將 杜桐의 아우이다. 萬曆 연간(1573~1620)에 舍人
으로 從軍하여 공을 세워 寧夏守備가 되었다. 1594년에 延綏參將이 되었다. 그 후에 都督
僉事, 山海關 總兵 등을 지냈다.
11　趙夢麟(조몽린, ?~1619): 명나라 말기 정치인. 자는 季兆. 1586년에 진사가 되었으
며, 사르후 전투에서 죽었다.
12　馬林(마림, ?~1619): 명나라 말기의 장수. 명장 馬芳의 차남이다. 父蔭으로 관직에
나가 大同參將에 이르렀다. 萬曆 연간에 遼東總兵官으로 임명되어, 1619년 楊鎬를 따라
군사를 내어 후금을 공격하는 薩爾滸 전투에 참가했으나 開原에서 패배하여 전사했다.
13　伏(복): 復의 오기.
14　潘宗賢(반종현): 潘宗顏(1582~1619)의 오기. 명나라 말기의 장수. 어려서부터 독서하
기를 좋아하여 시를 읊조리고 賦를 지었으며 천문학과 병법까지 통하였다. 1613년 진사가
되었고, 그 후에 산동성 안찰사 첨사가 되었으며, 사르후 전투에서 전사하였다.
15　董爾勵(동이려): 岫岩通判으로 贊理가 된 인물. 馬林 총병을 보좌하였다.
16　司(사): 使의 오기.
17　秦邦屛(진방병): 秦良玉의 남동생. 1620년 누나로부터 3천여 명의 백간병을 이끌고
遼寧省 瀋陽으로 가 渾河의 전투에 참여하여 遼를 구원하도록 부탁받았는데 힘써 싸우다
전사하였다.
18　前次(전차): 지난번.

與前不同, 只留老弱守着瀋陽, 其餘精兵, 都帶了瀋陽搶獲火器, 向遼陽殺至, 兩邊迎着。秦土司・周遊擊兩個, 奮勇砍殺, 無不一當百, 首先殺死了他三千多人, 奴兵退而復進者三次。爭奈奴酋兵多, 分番來殺, 南兵大戰竟日, 不免飢疲, 被他驅率鐵騎蹂躪。秦土司・周遊擊, 雖又拚死砍殺他數多, 終久寡不勝衆[21]。還有一個張神武[22], 他勢已敗, 不肯退步, 與周遊擊道：“莫負熊經略識拔我你的心!”率麾下八千多人死戰, 與吳文傑四個都遭殺害, 死在沙場[23]。

　　俠骨委荒阡, 身殘名自全。
　　臨危猶抱恨, 未盡掃腥羶[24]。

　各將部下, 張神武兵士八千餘, 願與張神武同死, 不肯渡河。其餘殘兵, 潰圍逃入浙江營。張總兵便待提兵[25]在渾河口擊他半渡, 　那奴兵已風雨似渡河來了。戚總兵在寨, 分付莫亂動, 把火器打去。寨外地寬, 打去時, 奴兵卻走散了, 　他駕着瀋陽砲車來打時, 寨中反不能避。彼此交打了幾陣[26], 南兵火器又盡, 寨已打壞。戚總兵道：“廝殺罷!”張總兵便督了衆軍, 舞動團牌[27]・長鎗[28]・狼筅[29], 一齊亂殺, 也殺句[30]四個時辰, 當不得他的火

---

19 戚金(척금): 戚繼光의 조카. 임진왜란으로 조선에 참전했다가 귀국 후에 남군이 일으킨 난동에 대한 처벌을 받았다가 1602년6월에 재기용되었다. 그는 天津遊擊을 거쳐 1619년 5월에는 眞定遊擊이 되었고, 1621년 遼陽에서 總兵 賀世賢과 함께 후금의 군대와 전투를 벌이다 전사하였다.
20 張名世(장명세): 雲南都司. 1621년 渾河 전투에서 전사하였다.
21 寡不勝衆(과불승중): 衆寡不敵. 적은 수효로 많은 수효를 대적하지 못함.
22 張神武(장신무, ?~1621): 본래의 성은 陳이었고, 江西省 新建 사람. 1604년 四川 都司를 역임하였고 1621년 袁應泰의 추천에 의해 등용되어 요양을 구원하려다 전사하였다.
23 沙場(사장): 모래 벌판. 전쟁터의 뜻으로 많이 사용된다.
24 腥羶(성전): 비린내와 노린내. 여기서는 오랑캐를 일컫는다.
25 提兵(제병): 군대를 거느림.
26 幾陣(기진): 몇 차례.
27 團牌(단패): 등나무를 기름에 담근 후 짜서 만든 방패.

器, 全營覆沒。

經略得知, 忙傳令箭, 撤奉集兵, 分屯城下, 以防攻遼陽城。果然奴酋領着兵馬, 漫山塞野[31]而來, 到了四里鋪。袁經略忙督侯·李·梁·姜·朱五個總兵, 分頭迎敵, 自己就宿在城外營中, 留張御史督兵守城。十九·二十, 兩邊大殺, 互有勝負。不料二十一日, 奴兵竟自架着砲車, 在東山安下[32]營寨, 經略就列陣在東城外, 點放火器打他, 打死的卻又是奴酋驅來各村堡百姓, 雖費了許多火器, 疲了許多精力, 不曾傷着奴兵一些。他又分兵一支, 直攻小西門, 經略怕城中有失救應, 忙退入城, 五個總兵反隔在城外, 不能助守。經略只得着各監軍出城, 催這幾個將官分, 一半攻打虜營, 使他內顧, 不得全力攻城, 一半向城下拒他攻城兵馬。先是監軍牛副使殺出, 到得小南門, 奴兵隔河放箭。中了一箭, 跌落水中, 從兵扶得上馬走出, 竟催不兵來。東西二門已是擺滿韃子, 雲梯已傍了城下, 將火器打時, 火藥已漸不句[33]用。經略看了, 對張御史道：“應泰不才, 叨爲經略, 不能爲國恢復寸土, 反失國家兩鎮, 何面目見聖上！惟有與城相存亡而已。獨按臣無閫外之責[34], 尚可收拾餘燼[34], 退守河西, 泰死且不朽[35]！”張御史道：“亡則俱亡, 豈有獨存之理！且自[36]固守, 以待外援。”仍與守道何廷魁[37]·監軍崔儒秀, 分城拒守。到得酉時, 小西門忽然火起, 奴酋蜂擁上

---

28 鎗(쟁)：槍과 통용. 이하 동일하다.

29 狼筅(낭선)：竹槍의 일종으로 긴 대나무에 가지를 세우고 그 사이에 철심을 붙여 적의 접근을 막는데 효과적으로 사용한 무기.

30 句(구)：夠의 의미로 쓰임. 이하 동일하다.

31 漫山塞野(만산색야)：온 산과 들을 가득히 뒤덮음.

32 安下(안하)：비치함. 장치함.

33 句(구)：夠의 의미. 夠用은 충분하다는 말이다.

34 餘燼(여진)：패잔병.

35 死且不朽(사차불후)：죽어도 또한 썩지 않는다는 뜻. 몸은 죽어 썩어 없어져도 그 명성은 길이 후세에 남는다는 말이다.

36 且自(차자)：우선.

37 何廷魁(하정괴, ?~1621)：명나라 山西省 威遠 사람. 1601년 진사가 되어 涇縣知縣과 黎平知府를 지냈다. 副使로 옮겨 遼陽을 巡撫했다. 후금이 濠를 건너 성을 공격하자 袁應

城, 城裡邊奸細, 與一干[38]怕死的, 又開門迎降, 袁經略便奔上東樓, 拔刀自刎。

節鉞[39]叨天寵, 無謀愧折衝。
敢辭身一死, 聊以勸臣忠。

張御史他自矢必死, 緩步下城, 早被賊兵簇擁上馬, 來見奴酋。張御史了無懼色, 向奴酋道: "奴酋! 我天朝御史, 斷無降理, 何不速殺我!" 便憤罵不住。奴酋道: "好漢子! 且送他回察院[40]。" 叫佟・李兩個勸他投降。張御史責二人不忠背國, 復大罵求死, 竟爲奴酋所害, 至死罵猶不絕。

抉齒羨睢陽[41], 心堅百鍊剛[42]。
從今靑史上, 千載共名芳。

何守道見城已破, 飛馬跑入私衙, 見了兩個愛妾與兩個女兒, 道: "城已破了, 不可偸生, 汚于奴酋之手!" 兩個妾道: "妾已辦一死, 斷不辱身!" 竟奔花園一口大井, 四個相繼跳入井中。何守道也向闕拜了四拜, 往井中一跳。

泰에게 출격하자고 했지만 거절당했다. 1621년 요양성이 함락되자 印綬를 품고 부모를 이끌며 우물에 몸을 던져 죽었다.

38 一干(일간): 한 무리.

39 節鉞(절월): 지방관이 부임할 때 임금이 내주던 절과 부월.

40 察院(찰원): 驛站마다 설치된 일종의 숙소.

41 睢陽(수양): 중국의 옛 지명. 春秋時代의 宋나라의 땅. 옛 성은 현재의 河南省 商丘市의 남쪽에 있다. 唐나라 玄宗 때의 安祿山의 난에 태수 許遠이 여기서 賊將 尹子寄를 막았으나, 성이 함락되어 잡혀 죽었다.

42 百鍊剛(백련강): 백 번을 담금질한 강철. 晉나라 劉琨이 段匹磾에게 拘留되어 반드시 죽게 되리라고 예상하고는 別駕 盧諶에게 五言詩를 지어 주었는데, 그중에 "어찌 생각했으랴 백번 단련된 강철이라고 자신했던 내가, 손가락으로 구부릴 정도로 흐물흐물하게 변할 줄이야.(何意百鍊剛, 化爲繞指柔.)"라고 하며 연약해진 자신의 심경을 토로한 말이 나온다.

未伸殺妾志, 早蓄屈平[43]心。

豈是景陽井[44], 貽羞直到今。

監軍崔副使, 聞得袁經略已死, 嘆道: "同有城守之責, 豈可獨生!" 走入
都司[45], 四顧無人, 解下繫衣鸞絛[46], 自縊在都司堂上。

嗟無術繫匈奴頸, 猛把長纓了此生。

臣節君恩兩無負, 三韓猶自頌芳名。

外邊這些各總兵與各監軍, 見城中火起, 知道城陷了, 不能救援, 各自散
去。只是熊經略令旗[47]招回·平日撫集百姓商賈數十萬, 與兵部力爭道:
"紙上有兵, 遼東無兵, 主客兵[48]十三萬, 起廢[49]釋罪, 南檄北取, 將材數百
員, 舊存新收, 與聖上奏討戶部徵催百姓膏血, 餉銀[50]八十九萬六千, 內
庫[51]咨討開局打造二百斤大砲數百位, 百斤·七八十斤砲三千餘位, 百子

---

43 屈平(굴평): 전국시대 楚나라 충신 屈原. 楚懷王 때 三間大夫가 되었다가 모함을 받아
귀양 간 후 離騷經 등을 짓고 湘江에 투신자살하였는데, 그의 〈離騷〉에 "그래도 내가 마음
으로 좋아하는 바이니, 아홉 번 죽더라도 후회하지 않으리라.(亦余心之所善兮, 雖九死其
猶未悔.)"라는 말이 나온다.

44 景陽井(경양정): 지금의 南京에 있는데, 臺城 景陽宮안에 있던 우물. 陳나라 後主(陳
叔寶=陳元秀)가 연회와 음악에 빠져 정사를 소홀히 하여 隋나라 文帝에게 나라를 잃었는
데, 수나라 병사들이 쳐들어온다는 소문을 듣고, 총비 張麗華와 孔貴嬪과 함께 도망가다
가 우물 속에 숨었다가 마침내 포로로 잡혔다.

45 都司(도사): 遼東都司. 명나라 때 요동에 설치된 최고 군정기관. 요동도사 휘하에 12
위를 설치하여 동북 지역에 대한 전략적 방어선을 형성하였다.

46 鸞絛(난조): 난새의 끈. 허리를 묶는 띠로 쓰인다.

47 令旗(영기): 軍中에서 명령을 내릴 때에 傳令이 가지고 가는 깃발.

48 客兵(객병): 다른 곳에서 와서 주둔하고 있는 군대.

49 起廢(기폐): 관직을 떠난 사람을 다시 불러 씀.

50 餉銀(향은): 軍糧을 구입하기 위하여 지방에서 중앙의 戶部로 운송되어 國庫에 비축
해 둔 銀子. 京餉이라고도 한다. 지방 경비에 충당하기 위하여 지방에 그대로 두고 각
州縣의 창고에 보관되는 돈을 留支라고 하였다.

51 內庫(내고): 內帑庫. 금은, 비단, 포목 등 사유재산을 관리하는 御庫. 이곳에 보관되어

砲千數個, 三眼銃[52]·鳥嘴銃七千餘個, 盔甲四萬五千有零, 戰車四千二百, 刀鎗二萬四千, 弓五千, 箭四十一萬, 鍬钁九千, 鋼輪火人火馬火錐十萬, 釘鑔牌盾無算, 都入奴酋之手."

那奴酋卻叫佟養性招撫[53]西兵, 每名與他安家銀三兩, 着他剃了頭, 發在瀋陽六王子[54]部下從征。又着李永芳向城搜括[55]百姓衣服金帛, 在場中分與隨他攻遼陽的西虜。二十五六日, 怕城中人多生變, 分付原係村堡百姓避在遼陽的, 各歸村屯; 原住遼陽的, 每家有五個男子, 聽揀選三名, 三個男子, 聽揀選二名, 隨營征進。凡是客商[56], 道他畢竟是無妻室要逃回的, 都將來殺死, 也不下四五萬人。過一日, 又在城中揀人生相[57]瑰瑋[58], 或是官吏生員不肯從軍的, 叫他回南去, 着一個頭目, 坐在西門外, 逐名點出, 將來殺死。

此時有王[59]秀才, 是遼陽人, 是極有膽·極有膂力的人, 有六個兒子, 都有些本事[60]。父子計議道: "左右[61]是死, 不如殺出門去, 殺不出, 再死未遲!

있던 재물을 가지고 나라에 천재지변이나 극심한 흉년이 들었을 때 백성들을 구휼하기도 하고, 관료들에게 특별포상을 실시하기도 했다. 이를 통해 황실의 권위 및 체면을 유지했다.

52 三眼銃(삼안총): 하나의 손잡이에 세 개의 총신이 나란히 연결된 총.

53 招撫(초무): 招安. 귀순시킴.

54 六王子(육왕자): 누르하치의 7남 阿巴泰(Abatai, 1589~1646). 누르하치의 첫째 아들 褚英(Cuyeng, 1580~1615)이 일찍 죽었기 때문이다.

55 搜括(수괄): 재물을 강제로 빼앗음.

56 客商(객상): 한 곳에 정착하지 않고, 생산지와 소비지 사이를 왕래하면서 각지의 생산물을 운반하여 판매하는 상인.

57 生相(생상): 용모. 생김새.

58 瑰瑋(괴위): 뛰어나고 비상함.

59 王(왕): 王一寧(?~1621)을 가리킴. 명나라 말기 요동 사람. 登萊巡撫 袁可立의 幕府에 투신하여 毛文龍을 따라 遼海에서 후금과 전투하였으며, 또 鎭江城 전쟁에도 참전하여 전공을 세워 登萊通判이 되었다. 그러나 모문룡이 권세 있는 환관들에게 뇌물을 주며 내통하여 사납고 방자하게 굴었는데, 왕일녕이 그의 면전에서 힐난하자 모문룡이 왕일녕을 모함하여 북경으로 압송되었고 許顯純을 사주하여 그를 죽였다.

60 本事(본사): 능력. 재능.

61 左右(좌우): 어차피. 결국.

難道我父子七人, 逃不出一個?" 父子們都帶了刀, 走近門邊, 拔刀便砍。
那頭目措手不及, 先被砍倒, 其餘部下, 被他兒子砍得飛走。王秀才大叫
道: "要歸中國的, 都隨我來!" 一時百姓聚上五七百, 奪門而出。奴兵知道
趕來, 趕了十餘里, 漸漸趕着。王秀才道: "他馬我步, 料走不脫, 不如殺他
一陣, 死裡逃生[62]!" 叫衆人札住[63]吶喊, 他父子與一班不怕死的, 竟在沙場
上拾了些刀鎗, 一湧趕回, 不管人馬亂砍亂搠。奴兵料他復回, 必是拚死
相殺, 倒都撥馬走回, 反被王秀才追了一陣。然後與這些百姓, 漸漸走入
河西地方。

凡附近遼陽城堡, 都怕奴酋差兵剿殺, 都剃了頭降願[64], 只有東山一起
礦兵不肯投降, 金復海蓋四衛, 都爲朝廷堅守。奴兒哈赤差一個投降的運
糧通判黃衣, 賜了他一件蟒衣[65], 剃了頭, 帶了三個家丁, 都與他馬騎, 着
他招降四衛與河西地方。被監軍道王化貞[66]竟着人拿來, 數他不忠, 將來
砍了, 幷他三個家丁, 都梟首通衢示衆, 河西人纔有固志。那奴酋卻又得
隴望蜀[67], 差他兒子來探三岔河[68]水深淺, 待乘勢圖取河西。但不知這河

---

62 死裡逃生(사리도생): 구사일생으로 살아남.
63 札住(찰주): 扎住. 멈춤. 정지시킴.
64 降願(항원): 願降의 오기인 듯.
65 蟒衣(망의): 道袍의 하나. 袞龍袍 비슷하게 만들었는데, 重臣들이 입었다.
66 王化貞(왕화정, ?~1632): 명나라 말기의 장군. 문과에 급제하여 進士가 되어 戶部 主
事와 右參議 등을 역임하였다. 1621년 遼東巡撫로 임명되어 廣寧의 방위를 맡았다. 1622
년 누르하치가 직접 군대를 이끌고 遼河를 건너 西平堡를 공격해 오자, 왕화정은 孫得功
과 祖大壽, 祁秉忠, 劉渠 등의 장수들을 이끌고 후금의 군대를 공격하였다. 하지만 平陽橋
(지금의 遼寧 大虎山 일대)에서 벌어진 전투에서 明軍은 거의 전멸에 가까운 큰 패배를
당했다. 손득공과 조대수는 도주하였고, 기병충과 유거는 전사하였다. 毛文龍의 후방 공
격 약속은 지켜지지 않았으며, 內應을 약속했던 李永芳은 오히려 후금이 廣寧(지금의 遼
寧 北鎭)을 손쉽게 점령하도록 도왔다. 자신의 반대를 무릅쓰고 後金을 공격하였다가 전
군이 몰살당하는 왕화정의 패배로 熊廷弼은 廣寧을 중심으로 한 요동 방어선을 포기하고
山海關으로 明軍을 퇴각시킬 수밖에 없었다.
67 得隴望蜀(득롱망촉): 농 지방을 얻고서 촉 지역까지 욕심낸다는 말. 욕심이 끝이 없는
것을 비유하는 말이다.
68 三岔河(삼차하): 백두산의 천지에서 발원하여 북서쪽으로 흘러오는 길림성 북서단에
있는 강.

西文武, 能留得這塊地方也不。

周敦吉·張名世·張神武, 皆熊芝岡疏請, 出之羈囚, 以爲國用者, 卒能慷慨赴敵, 殺身成仁, 非英雄能識英雄乎! 至于文臣中如張侍御, 遼陽陷後, 遼陽猶廟祠之, 其忠節直動蠻夷, 而何之一門死義, 崔之臨難不避, 大足愧苟全首領喁喁[69] 兒女態[70]之人。

---

69 喁喁(우우): 부화뇌동함. 남이 말하는 대로 따라 말함.
70 兒女態(아녀태): 계집애 같이 연약하고 무기력한 태도.

第九回 款西夷牽東虜 撫南衛固西河

絶塞滿胡笳，將軍遠建牙[1]。
海濤連鼓壯，林影逐旗斜。
智勝何嫌寡，心堅可碎瑕。
從茲玄菟[2]地，長劍殪妖蛇。

　　兵法有正有奇, 堂堂之陣, 正正之旗[3], 全軍直往, 此爲正兵 ; 若一旅[4]之兵, 搗虛[5]扼吭, 或偏[6]駐以綴[7]其師, 或輕騎以截其前後, 此爲奇兵。遼陽一失, 將士逃亡, 河西一塊地, 止靠得三岔河一條水。但這水闊不過七十步, 沿河有一百六十里, 若說守, 得多少兵馬守他。況聯船渡河處所, 有個西平堡[8], 還有些兵, 至于柳河[9]·黃泥窪[10]兩個淺處, 要防奴酋進兵的, 都無

1　建牙(건아): 깃발을 세움.
2　玄菟(현도): 遼東을 일컫는 말. 漢武帝 때에는 咸興을 현도로 삼았고, 昭帝 때에는 渾河 상류의 興京 老城 지역으로 현도를 옮겼고 그 뒤 또 지금의 遼東 지역으로 옮겼다.
3　堂堂之陣, 正正之旗(당당지진, 정정지기):《孫子兵法》〈軍爭〉의 "깃발이 잘 정렬된 군대를 맞아서는 싸우지 말 것이며, 기세가 당당하게 전열을 갖춘 군대를 공격하지 말 것이니, 이렇게 함으로써 상황을 장악할 수 있는 것이다.(無邀正正之旗, 勿擊堂堂之陣, 此治變者也.)"에서 나오는 말.
4　一旅(일려): 중국 周나라의 군사제도로 병사 500인을 일컫던 말.
5　搗虛(도허): 批亢搗虛에서 나오는 말. 전국시대 齊나라가 趙를 구하기 위해 魏를 칠 때 孫臏이 田忌에게 가르쳐 준 병법으로 거세게 맞서 오는 적의 예봉을 피하여 후방의 빈 도성을 직접 공격해 들어가는 작전을 말한다.
6　偏(편): 偏方. 외딴곳.
7　綴(철): 綴兵. 적군을 자기 쪽에 유리한 지점으로 끌어당기는 부대를 이르는 말.
8　西平堡(서평보): 遼東 廣寧右衛의 서쪽에 있음.
9　柳河(유하): 중국 阜新市 북쪽의 작은 산에서 厚很河가 발원하여 북쪽을 향하고 서쪽에서 들어오는 新開河가 합류해서 나가는 강을 이름.
10　黃泥窪(황니와): 黃泥窪鎭. 遼陽縣 서쪽에 위치해 있다.

兵馬。守且不足，還說甚正兵討賊！止靠得兩支奇兵，可以牽制，一支是
西虜炒花[11]等二十四營韃子，向在廣寧邊外，他若歸順，似北關常發兵相
助，可作廣寧羽翼，使奴酋不敢正視廣寧。但夷性不常，和他必竟要金帛，
就與他金帛，他又明說順我，暗裡又與奴酋結連；縱是不與奴酋結連，卻
坐觀成敗[12]，或虛出兵馬應名，也沒奈他何。只是款得他不來侵犯，分我
兵力，使我分頭[13]支持[14]，也是一策。一支是金復海蓋四衛。奴酋陷了遼
陽，附近都已剃頭歸順，獨有東山礦兵推韓宗功[15]爲首。九連城[16]謬指揮
與四個兄弟，各發家財萬兩，招兵買馬，要議復遼陽。金復海蓋四衛，各嬰
城[17]固守，不容剃頭的降民入境，俱不肯從奴，與奴攻殺，都是忠臣義士。
後來礦兵遭李永芳率兵掩殺，雖是一鉛子打壞了李永芳左臂，卻已被他擒
斬萬餘，砍頭剖腹，折足斷腿，極其慘毒，其餘從韓宗功逃入朝鮮。謬指
揮，奴酋累次招降不從，被他起全遼兵馬剿盡。止剩四衛，人心還未盡
順。但只隔了個三岔河，聲息不聞，須得聯絡，可爲我用。監軍高出，曾具
揭要將廣寧委于西虜，我兵得以全力駐山海關。東虜若還無心廣寧，且以
西虜爲外蔽；若要取廣寧，必與虜相爭，兩虜相爭，我可乘其敝。但不戰
把朝廷數千里地，平白送[18]與人，也爲哈赤笑，惟是離間他，使不爲哈赤用，
爲我盡力，是個要着[19]。所以廣寧監軍王化貞創款虜一論，投揭各衙門，

---

11 炒花(초화): 抄花, 炒哈, 爪兒圖, 洪巴圖魯, 叶赫巴圖魯, 舒哈克卓哩克圖鴻巴圖爾 등
으로도 표기됨. 명나라 때 蒙古의 內喀爾喀五部의 영주였던 和爾朔齊哈薩爾의 다섯째 아
들이다.
12 坐觀成敗(좌관성패): 다만 승패의 돌아가는 형편을 멀리서 바라보기만 함.
13 分頭(분두): 제각기.
14 支持(지지): 대응함.
15 韓宗功(한종공): 1592년 李如松의 부하로 조선에 온 명나라의 군관. 그 후로 요동의
무관이었으나 실은 누르하치의 첩자이었다.
16 九連城(구련성): 遼寧 丹東市 북쪽에서 12km떨어진 곳에 있는 지명. 북쪽으로는 진동
산, 동쪽으로는 애하에 인접해 있으며 애하의 첨고성과 강을 사이에 두고 마주하고 있는
데 지세가 험준하다.
17 嬰城(영성): 籠城하여 굳게 지킨다는 뜻으로, 어떤 일에 몰두함을 비유적으로 이르는 말.
18 白送(백송): 무료로 증정함. 헛되이 보냄. 헛되이 버림.

還求廟堂之上急于應遼, 緩于慮家, 銳于力行, 寬于持論。

　　此時朝廷先因朱[20]給事勘熊經略功罪, 已覺熊經略有功于遼, 着俟起
用。隨爲遼瀋失陷, 就起他以兵部尙書, 仍舊經略, 限五十日赴京, 還未
至, 就先陞監軍做個巡撫, 料理河東事務, 着他款西虜。西虜是虎墩兔
憨[21]三十六營, 炒花把兔[22]等二十四營。這些韃子, 先前也隨哈赤取遼陽,
但爲破城時, 止與得他金帛三車, 他道不足, 有了釁隙, 要來報效。王撫就
差通官萬里侯前往, 說他, 道西虜沒緊隨着奴酋, 奪得地方, 他卻收去, 得
得些金帛, 早已沒了許多人馬, 如今惡了朝廷, 絶了撫賞[23], 是因小失
大[24]。炒花推道: "助奴酋的, 是十思亥, 與我無干。我是受朝廷累年賞賜,
正要爲朝廷出力。" 萬里侯回覆王撫。議在年賞外, 加他賞三千六百兩, 與
他在邊上鑽刀立誓[25], 道: "再不與奴酋通好, (奴酋)若來寇廣寧, 他還助兵
相殺。" 虎墩兔憨, 差大頭目腦毛大[26]的孫子桑阿思寨[27]來, 說要共殺奴酋,

---

19 要着(요착): 중요한 계책.

20 朱(주): 朱童蒙(1573~1637)을 가리킴. 그는 명나라 말기 벼슬에 나가 中書舍人을 맡
은 기간은 당쟁이 가장 격렬했던 시기였다. 어느 당에도 기울지 않는 중립적인 입장을
견고하게 지켰지만, 東林黨 熊廷弼이 요동에서 패배한 것을 조사하면서 관련 인물들을
탄핵하여 魏忠賢의 黨人으로 간주되기도 하였다.

21 虎墩兔憨(호돈토감): 몽골의 39대 릭단 칸(林丹汗, Ligdan Khan, 1592~1634)이
1618년 불교를 장려하여 차하르를 몽골의 불교 중심지로 만들고 자신을 종교적 지도자로
부른 호칭 호토쿠트(呼圖克圖, Hutukutu)를 명나라가 번역한 말.

22 把兔(파토): 巴圖魯로도 표기됨. 칭호로 쓰이는데, 송골매 용사라는 뜻의 바투루
(baturu)이다.

23 撫賞(무상): 正賞. 京師에 도착한 來朝者 전원에게 신분에 따라 채단과 絹, 紵紗 등을
賜給함을 가리키는 것. 여진의 服屬에 대한 종주국의 返禮를 의미하였는데, 그 외에도
조공한 여진인은 경사의 市街에서 자유로이 私貿易을 행하여 생필품을 구매할 수 있었다.

24 因小失大(인소실대): 작은 이익으로 인하여 큰 손실을 봄.

25 鑽刀立誓(찬도입서): 옛 중국인들이 중요한 맹세를 할 때 칼을 교차시켜 만든 문(刀
門)을 지나도록 하는 것. 맹세를 어기는 자는 이 칼에 죽는다는 것을 의미한다.

26 腦毛大(뇌모대): 명나라에 우호세력이었던 차하르부(察哈爾部) 領主의 한 사람. 阿穆
岱鴻台吉, 那木大黃台吉, 奴木大黃台吉이라고도 한다.

27 桑阿思寨(상아사채, sanggarjai): 桑哈兒寨, 桑哈兒寨, 桑噶爾寨, 桑噶爾寨로도 표기
됨. 1619년 후금과 삽혈동맹에 참여한 몽골 칼카의 부족장이다.

王撫着通官對他說：“你便是北關女婿, 當日朝廷憐北關死事, 曾拿二千銀子賞你妻子。你如今若盡心爲國, 替國家殺了奴酋, 不惟爲中國, 也爲你妻家報仇, 中國還有厚賞。”他應承[28]率兵一萬來助陣, 王撫賞他銀二千兩, 做乾糧之費。炒花知道, 也領了自己五大營, 說來助陣, 也與他乾糧一萬兩。小歹青[29]也着人來領乾糧銀二千。都約奴酋兵一渡河, 便來策應, 若天兵征剿奴酋, 都領本部來從征。王撫只萬數兩銀子, 買住了各虜, 就是不得力, 也免得他來騷擾, 且還可虛張聲勢[30], 使奴酋不敢深入, 早已款了西虜。

　　獨守西河羽翼彫, 憑將金繒款天驕[31]。
　　精忠會見蠻夷[32]服, 一望狼烟[33]萬里消。

　　又用間[34]拿住[35]李永芳姪, 不殺, 與他書一封, 叫他圖奴酋, 事成, 把遼陽封他。送他過河, 被奴酋巡邏拿住, 永芳再三辯明。後來因見永芳阻他進犯, 不肯濫殺遼人, 積疑, 幾至殺害。叛將郎萬言在奴中用事, 故訪他姪子郎敢, 去道萬言, 相約害奴酋, 着他爲助。事泄, 奴酋殺了郎敢, 廢了萬言。楊于渭[36]在蓋州, 助虜暴虐, 因他同本衛各官納款[37], 王撫獨以諭帖[38]

---

28 應承(응승): 받아들임.
29 小歹青(소알청. ?~1624): 본래 岱青杜棱으로 불림. 卑麻台吉의 맏아들이다.
30 虛張聲勢(허장성세): 실속은 없으면서 큰소리치거나 허세를 부림.
31 天驕(천교): 漢나라 때 북방 匈奴의 군장인 單于를 일러 '天之驕子'라 불렀음. 이후 북방 소수민족 또는 그 군장을 이렇게 불렀다.
32 蠻夷(만이): 중국 사람들이 중국의 남쪽과 동쪽에 있는 종족을 낮잡는 뜻으로 이르던 말.
33 狼烟(낭연): 원래는 고대 변방 경비대에서 비상사태를 알릴 때 이리의 똥을 태워 올린 연기를 가리키는 말. 나중에 비유하여 전쟁을 가리키게 되었다.
34 用間(용간): 이간책을 씀.
35 拿住(나주): 붙잡음.
36 楊于渭(양우위): 瀋陽 遊擊.
37 納款(납관): 귀순하여 성의껏 섬김.

與他, 衆官不³⁹憤. 事泄, 奴酋拿于渭回遼陽不用. 這都是離他腹心處.

還又想四衛⁴⁰這些義士, 都忘身忘家, 不肯從虜, 似這等心腸, 這等力量, 必竟爲國家做得些事. 雖是殺的殺了, 逃的逃了, 還有未殺未逃的, 或團聚在村堡, 或躱避在海島山林. 正當激他以忠義, 使他結連四衛, 唇齒相依, 彼此相顧, 守住了沿海一帶地方. 待中國兵力足了, 發兵渡河, 直取遼陽, 他卻出兵寬甸, 去搗奴酋老寨, 或是助兵攻打遼陽, 這也是支奇兵. 若中國兵力不足, 止可守得廣寧, 奴酋若妄想河西, 興兵渡河, 必竟怕四衛出兵恢復遼瀋, 又怕他輕兵在後掩殺, 是個犄角. 就不然, 豈有這干, 人不忘朝廷, 朝廷卻忘了他, 使他爲奴酋收羅! 但只是看這些文武中, 都是畏刀避劍, 貪生怕死⁴¹人物, 有些謀略的, 他卻利害的念頭忒明了, 便沒膽氣, 有些膽力的, 又失之粗疎⁴², 怕不會臨機應變. 正在遲疑, 恰好⁴³毛振南陞在他標下做遊擊管兵, 因事進見. 王撫看了一看, 道：「這人正是熊芝岡荐他, 有機謀, 有膽量, 有作爲的.」分付留下毛遊擊有話講. 果然諸將都出, 獨留下一個毛遊擊伺候.

　　鏟彩埋光⁴⁴二十年, 夢中空想勒燕然⁴⁵.

---

38 諭帖(유첩): 상급 관아에서 하급 관아로 내리는 諭示를 적은 문서.

39 不(불): 懷의 오기.

40 四衛(사위): 金州, 復州, 海州, 蓋州를 통칭한 말.

41 貪生怕死(탐생파사):《漢書》〈文三王傳〉의 "이제 겨울이 지나면 곧 新春 大赦免이 있을 것이지만, 저는 살기를 탐하며 죽기를 두려워하였기 때문에 거짓으로 병을 가장하였던 것이다.(冬月迫促, 貪生畏死, 卽詐僵僕陽病.)"에서 나오는 말.

42 粗疎(조소): 粗疏. 데면데면함. 세심하지 않음.

43 恰好(흡호): 바로. 마침.

44 鏟彩埋光(산채매광): 韜光鏟彩. 영예를 묻고 은거한다는 말. 宋나라 鄒浩(1060~1111)의 〈書余淸老〉에 "청로는 조예가 매우 깊고, 기른 바가 매우 높아서 마침내 빛을 가리고 광채를 숨겨서 세상 사람들과 곡진하게 잘 어울려서 취했건 깼건 따지지 않고 웃고 희롱하며 지낼 뿐이다.(淸老所造甚深, 所養甚高, 乃能埋光鏟彩, 曲與人同, 不問醉醒, 戲笑而已.)"라고 한데서 나오는 말이다.

45 勒燕然(늑연연): 東漢의 竇憲이 흉노를 격파하고 燕然山에 올라가 공적비 세운 것을 가리킴. 이때 班固가 封燕然山銘을 지었다고 한다.

今朝得遇孫陽[46]識, 萬里雲宵任遠騫。

　那王撫叫到身邊, 屏去左右, 道: "我想如今, 朝議與我主意, 都是三方竝進。但廣寧只要渡河, 直取遼陽, 天津須由海道, 直取旅順[47]進兵, 登萊須由海道, 直走鎭江, 連結朝鮮, 搗他巢穴。這兩處都用船隻, 倘使奴酋得了沿海地方, 就不便登陸, 就登陸, 戰勝可以長驅, 不勝便無住脚處所。據我的意思, 待要收復四衛, 做一個廣寧的輔車[48], 登萊·天津的駐足[49]。熊爺曾荐你防寬海甸, 習知夷地山川形勢, 你試度這事做得來麼?" 毛遊擊道: "奴酋攻克[50]遼瀋, 縱部下姦淫殺掠, 慘毒異常, 天人共憤。所以豪傑之士, 寧死不從, 礦兵逃入朝鮮, 南四衛攖城[51]自守, 屢敗屢起, 不肯降賊。便是降賊, 或者迫于兵威, 勉强[52]相從, 未免沒有乘機逃回, 乘勢內應的思想。急須收拾, 彼此聯結, 在遼陽之南做一勁敵[53], 爲廣寧之羽翼, 登津的前鋒。若遲, 恐佟·李二賊, 把兵威去迫脇, 四衛一失, 河東皆屬奴酋, 大事去矣!" 王撫道: "正是。我急欲招撫, 但虜騎縱橫, 無人敢去, 你肯爲國家

---

46 孫陽(손양): 명마를 가려내는 안목이 신의 경지에 이르렀다는 평가를 받아 그의 본명보다 天馬를 주관하는 신선을 뜻하는 伯樂으로 알려진 인물. 伯樂相馬라는 고사성어의 주인공이다. 楚나라 왕으로 부터 천리마를 구해 오라는 명령을 받은 백락은 소금수레를 끄는 비쩍 마른 말(鹽車困良驥)을 발견한다. 안쓰러워 백락이 쓰다듬자 말이 앞발을 들고 구슬피 운다. 하늘을 올리며 크게 퍼져 나간 울음소리를 듣고 천리마임을 알아 본 그는 말을 왕에게 데려간다. 왕은 처음 초라한 말을 보고 화를 냈다. 그러나 백락이 잘 먹이고 쉬게 하자 몰라보게 건강해지며 천리마의 자태를 나타냈다. 초왕이 타고 한번 채찍을 휘두르자 말은 순식간에 백리를 내달렸다. 초왕은 이 천리마를 타고 전쟁에서 큰 승리를 거뒀다고 한다.

47 旅順(여순): 중국 遼寧省 遼東半島의 남쪽 끝에 있는 도시.

48 輔車(보거): 輔車相依. 수레에서 덧방나무와 바퀴처럼 뗄 수 없다는 뜻으로, 서로 돕고 의지함을 이르는 말.

49 駐足(주족): 발을 붙임.

50 攻克(공극): 점령함. 함락시킴.

51 攖城(영성): 嬰城. 군인을 둘러놓고 지키는 것.

52 勉强(면강): 내키지 않음. 마지못함.

53 勁敵(경적): 상대하기가 만만찮은 적.

出這力麼?" 毛遊擊道: "文龍每從行陣, 擬一死報國。若都爺[54]見委, 便當拚(拼)一死入虎穴龍潭, 招集逃亡, 結連忠義, 據守四衛。就是目下奴酋軍中降將, 儘有與文龍知交的, 文龍還能招他來, 使奴酋腹心內潰。" 王撫聽了大喜, 道: "這是奇着, 成來便是奇功。你若能做來, 他日封侯列土, 朝廷斷斷不爽。但不知你要多少兵馬錢糧?" 毛遊擊道: "這事爲之須密, 豈可用多人! 昔班超[55]以三十六人定西域, 文龍部下, 自有二百敢死之士, 內中也有長于謀略, 嫻于應對的, 用此足矣。兵糧亦不必多, 多亦爲累。但朝鮮與四衛相近, 近日朝廷差梁監軍[56]前往宣諭, 倘他不爲虜用, 還求都

---

54 都爺(도야): 熊廷弼을 가리킴. 1619년 후금이 사르후 전투에서 명군을 궤멸시키고 위협하자, 한때 웅정필이 군사를 재정비하여 후금의 공격을 물리치기도 하였지만 환관 魏忠賢의 모함으로 파면된 뒤 심양과 요양마저 함락되었다. 이에 1621년 명나라 조정은 웅정필을 右部都御史와 遼東經略으로 다시 기용하였기 때문이다.

55 班超(반초): 중국 後漢 초기의 무장. 흉노의 지배하에 있던 50여 나라를 漢나라에 복종시켰고 중국과 西域간의 경제와 문화 교류를 촉진시키는데 지대한 공헌을 하였다. 반초는 겨우 36명의 사신만을 데리고 鄯善國에 사신으로 가있었는데 처음에는 선선국의 왕이 반초 일행 36인을 아주 극진하게 대접했다고 한다. 그런데 어느 날인가부터 박대하는 눈치를 보인다. 이에 반초가 부하에게 명하여 알아본 결과, 가까이에 흉노족이 수백의 군대를 이끌고 와 있었던 것이다. 선선국의 국왕은 당시 멀리 있는 漢나라에 기대느니 가까이에 있는 흉노에 의지하기로 결심을 굳힌 것이다. 이에 반초는 일행에게 "즉시 흉노족을 습격하자! 호랑이굴에 들어가지 않고서는 호랑이를 잡을 수는 없는 법이다."라고 말하고는 36명의 용사로 흉노의 군사를 모조리 섬멸해 버렸다고 한다. 바로 '不入虎穴 不得虎子'라는 이야기의 유래가 되는 전쟁이다.

56 梁監軍(양감군): 梁之垣을 가리킴. 《光海君日記》 1621년 9월 22일조에 따르면, 登州 출신이고 별호는 丹崖로 1607년 진사가 되었고 1621년에 南路監軍에 임명되었다. 1622년 4월 18일조 2번째 기사에 의하면 그가 황제의 칙서를 가지고 조선에 파견되었으며, 칙서 내용도 상세히 알 수 있다. 곧, "하남 안찰 부사 梁之垣을 신칙하노라. 지금 奴酋가 순리를 범하매 天討가 바야흐로 펼쳐져 三方에 배치하여, 이미 登州와 萊州를 나누어 南路로 삼고 특별히 명하여 그대를 南路監軍으로 삼는다. 一方의 군사들을 그대의 주관에 맡기니, 칙서를 가지고 가서 朝鮮을 宣諭하고 그대가 도와 이루도록 하라. 여러 방면을 경영하고 어루만지며 開諭하여 고무시키라. 그리하여 그들로 하여금 병사를 요해처에 머물게 하여 遼衆 가운데 도망해 숨는 자들을 벌주는 것을 돕게 하라. 그리고 일면으로는 덕을 펴 진휼하라. 이어 將官들을 감독하여 거느리고서 東土 일대의 항거하는 賊들과 良民들을 불러들여 그 가운데 정예로운 사람들을 뽑아 군대에 충원하여 함께 근거지를 지키라. 麗兵에 대한 음식 등의 제공, 賞 및 軍中의 전錢糧, 器械 등의 항목은 모두 맑게 조사하여 명백하

爺發一咨文, 着他助兵, 與南衛犄角。至于鼓舞英雄, 收獎豪傑, 更得都爺
空頭[57]箚付[58]數百, 聽文龍便宜行事。"王撫一一應承, 寫一紙差往南衛公
幹的牌,[59] 幷咨文箚付, 又取行糧犒賞[60], 與毛游擊, 着他起身。臨行時分
付道: "恢復河東, 在此一擧。務必小心, 倘有可乘機會, 卽行關報。"毛游
擊道: "仰仗朝廷威靈, 都爺嚴令, 此行必竟聯合四衛, 招回叛逆, 斷不辱
命!"辭了王撫, 就帶了部下二百死士東行, 是:

　　守備: 蘇其民·丁文禮
　　千總: 張盤·陳忠·王甫·張繼善·向學禮
　　把總: 張元祉·許悌·王承鸞·尤景和·毛承祿·王鎬·呂一學·張魁
　　家丁: 劉繼祖·官養棟·章得化·楊春·定有功·洪文貴　等

　　離了廣寧, 一路來人民逃散, 看不了淒涼景色, 也受了些水宿風餐[61]辛
苦。沿着高平驛[62], 過了沙嶺, 五月十一日來到西平堡, 見了守堡都司王

게 해당 撫院에 보고하여 총괄적으로 조사하게 하라. 그리고 소식을 때에 맞춰 통하여
犄角을 이루도록 힘써, 大師가 다 모이기를 기다려 시기를 약속하고서 나아가 토벌하라.
그대는 몸소 감독하여 조선을 고무시키도록 하라. 登州와 遼東의 장수들이 용맹을 떨치거
나 적을 絶滅시킨 일체의 공과는 하나하나 기록하여 처분을 기다리라. 전투와 수비의 방
략은 남로 邑鎭들이 회동하여 토의해서 해당 무원의 재가를 받아 행하고, 이어 經略의
통제를 따르라. 스스로 결정할 만한 일은, 멀리 關外에 있으니 그대가 기미를 보아 일을
행하도록 허락한다. 그대는 이미 한 방면을 전담하여 책임이 더욱 무거우니 모름지기 마
음을 다하여 살펴 계획해서 일을 모아 공을 아뢰도록 하라. 그리하여 위임한 지극한 뜻에
부응하도록 하라. 그대는 삼가할지어다. 이에 신칙하노라. 〈天啓 원년 8월 17일〉"이다.
57 空頭(공두): 지방 장관이 천자의 칙서 등을 반포할 때에 임의로 年月日을 적어서 넣도
록 空欄을 비워 두는 것을 말함.
58 箚付(차부): 각 아문이 한 등급 이하 아래 아문에 대하여 사용하는 공문.
59 牌(패): 牌文 또는 路文. 牌文은 상급 관청에서 하급 관청으로 보내는 通文이고, 路文
은 중앙에서 지방으로 출장가는 관원의 숙식과 교통편인 말을 제공받을 수 있도록 발급하
는 문서이다.
60 犒賞(호상): 위로하여 포상함. 공로를 표창함.
61 水宿風餐(수숙풍찬): 물 위에서 자고 바람 맞으며 먹는다는 뜻으로, 모진 고생을 이르
는 말.

表，說奉差南衛公幹。王都司[63]道："聞得蓋州遊擊楊于渭已降奴酋，排
門[64]點兵[65]，驅送遼陽，又差兵把守沿海，不許百姓逃入海島，此去恐多艱
阻。"毛遊擊[66]道："下官此去，自能相機行事，斷無中止之理。"王都司便着
人去尋船，兩日捉得四隻民船。下了船，繞行得到天妃娘娘宮[67]前，忽然
狂風大作，白浪掀天，毛遊擊只得停了船，步上宮中閑玩。只見宮殿頹坍，
像貌剝落，毛遊擊向前瞻禮[68]，道："文龍奉差招撫各島，圖建奇功。倘此
去叨神庇，名遂功成，願更爲娘娘立廟，永永奉祀！"瞻禮而出。十六日風
靜便行，去沿海招撫地方，但不知此去吉凶何如。

　　乘風直入驪龍[69]穴，要使明珠入掌來。

　　款虜一策，行于無挾時易，行于有挾時難。況西虜亦明而熟于計，以金
繒易，一死亦所不爲，其不爲用，寧待寇廣寧見知。卽撫民，亦是不得已之
局。救敗局不得不在不然或然間下手，此斂以爲一片熱心人也。
　　凡事氣足奪之自成。以二百人任招撫之事，氣足奪之也，固宜其能自堅
於海島。

---

62 高平驛(고평역): 廣寧에서 40리 떨어진 곳에 盤山驛이 있고, 그곳에서 60리 떨어진
곳에 있는 곳. 이곳에서 60리 떨어진 곳에 沙嶺이 있다.
63 都司(도사): 명나라에서 한 관아의 일을 도맡기도 하고 군사문제를 담당하기도 하던
관직.
64 排門(배문): 집집마다.
65 點兵(점병): 병사를 소집함.
66 遊擊(유격): 무관의 품계 중 하나로 유격장군을 줄여 부르는 말. 지방에서 군사적 소
요가 발생하면 중앙에서 總兵官을 파견하여 한 방면의 군사를 통솔하게 하였다. 명대에는
총병관의 지휘 아래에 副總兵, 參將, 遊擊, 守備, 把總 등의 관직을 두었다.
67 天妃娘娘宮(천비낭랑궁): 天後宮. 1326년에 건설되었으며 본명은 天妃宮이지만 세간
에서는 娘娘宮이라고 불렸다. 天津 시내에 위치한 가장 오래된 건축물 중 하나이다.
68 瞻禮(첨례): 우러러 예배함.
69 驪龍(이룡): 黑龍. 이름 그대로 검은 용으로, 온몸의 색이 검은색으로 이루어져 있다.
동양에서의 흑색은 북방과 물을 상징하는 색이므로 용을 상서롭게 여기는 동양권 문화의
흑룡은 북쪽 방위를 지키는 용이며 물을 상징하는 용이기도 하다.

第十回 遍巡島嶼扶窮民 夜戰鎭江擒叛將

濤聲夜半鳴如鼓，夢破蓬窓[1]驚起舞。
鯫生[2]壯志在澄淸[3]，熱血滿腔今欲吐。
山河觸眼恨依依，忍令胡塵處處飛。
窮島遺黎悲夜雨，荒郊俠骨[4]映殘暉。
慇懃執手好相對，世食君恩莫輕背。
官軍日下[5]出楡關[6]，指顧[7]腥羶成粉碎。
父老聞言眉暫揚，似欣似戚情復傷。
衰年自分殞兵革[8]，何意重瞻日月光。
呼兒莫惜從軍死，擬把[9]微生報天子。
淨掃胡塵復白狼[10]，也應含笑重泉裡。

　忠義之心，人皆有之，但一時力竭，爲他兵威所劫，不能自拔[11]，豈沒箇
報主之恩！故一成一旅[12]，終興了夏國，但須得一箇人收拾他，聯合他，纔

1　蓬窓(봉창): 쑥대로 엮은 창.
2　鯫生(추생): 작고 변변치 못한 사람이라는 뜻으로, 자기 자신을 겸손하게 이르는 말.
3　澄淸(징청): 亂政을 쇄신하여 세상을 맑게 하려는 뜻을 품는 것을 이르는 말. 後漢의
　　范滂이 冀州刺史로 나갈 적에, "수레에 올라 고삐를 잡고서는 천하를 정화할 뜻을 개연히
　　품었다.(登車攬轡, 慨然有澄淸天下之志.)"는 고사에서 나오는 말이다.
4　俠骨(협골): 의협심이 있어 강직하고 굽히지 않는 기개.
5　日下(일하): 京師의 다른 이름.
6　楡關(유관): 山海關의 별칭. 渝關이라고도 한다.
7　指顧(지고): 대단히 신속함. 거리가 매우 가까움.
8　兵革(병혁): 전쟁.
9　擬把(의파): 하려고 함. 할 작정임.
10　白狼(백랑): 遼寧省에 있는 漢나라의 縣 이름.
11　不能自拔(불능자발): 스스로 벗어나지 못함.

能爲國家用。毛遊擊帶了這二百人, 駕了四隻船, 來到連雲島[13], 打聽[14]守蓋州是降將楊遊擊, 復州單游擊, 金州劉守備把守。毛遊擊都差人送書與他, 勸他歸順道: 「河西巡撫王標下遊擊毛文龍謹致書某官麾下: 奴酋犯順, 神人共憤[15], 獻首闕下[16], 知有日矣。麾下世食國恩, 忠勇自負, 豈肯爲奴用! 特聲息隔絕, 無能自拔耳。幕府[17]新承簡命[18], 出兵廣寧, 熊經略復爲後繼, 恢復遼陽。凡屬舊臣, 各宜洗心竭力, 共圖犄角, 滅奴報主, 以成偉勛。如其遷延觀望, 不惟忠節有虧, 恐亦非所以全身也。惟高明[19]裁之!

一邊又到別處去, 相機招撫, 爭奈海濤洶湧, 民船又小, 風又大, 不能前去。要到四衛, 軍少恐爲各地方守將所害, 不敢遽然登岸, 船中漸漸乏食。打到一箇地方。船戶認得是豬島[20], 上去看時, 房屋都已燒燬, 並沒一箇人。止得二十餘隻牛, 便分給衆人充食。

于路行止, 約已半月, 是七月初一日, 開出外洋, 撞得一隻海船。爲首的叫名[21]李景先, 帶領水手二十餘人駕着, 聽知毛遊擊是招撫官, 就情愿跟隨效用。毛遊擊收了, 與了他一張千總箚(札)付, 問知他是廣鹿島人, 就着他做鄉導[22], 到鹿廣[23]島中。

---

12 一成一旅(일성일려): 땅이 좁고 사람이 적음. 一成은 10리 사방의 땅을 일컫고, 一旅는 500명을 일컫는다. 세력이 미약함을 비유적으로 이르는 말이다. 우나라 군주인 虞思로부터 少康이 일성일려인 綸邑을 받아 덕을 베풀어 夏나라를 부흥시켰다.

13 連雲島(연운도): 遼河口의 지역에 있던 섬.

14 打聽(타청): 물어봄. 알아봄.

15 神人共憤(신인공분): 신과 사람이 함께 노한다는 뜻으로, 누구라도 분노를 참을 수 없을 만큼 증오스럽거나 도저히 용납이 안 됨을 이르는 말.

16 闕下(궐하): 천자.

17 幕府(막부): 지휘관이 머물면서 지휘하던 軍幕. 출전한 장군의 일선 사령부를 지칭하는 말이다.

18 簡命(간명): 인재를 특별히 선발하여 직무를 명하는 것.

19 高明(고명): 고명한 사람이란 뜻으로 상대편을 높여 이르는 말.

20 豬島(저도): 중국 遼寧省 大連市 旅順口區의 渤海灣에 있는 섬.

21 叫名(규명): 名叫의 오기인 듯.

22 鄉導(향도): 嚮導. 길 안내자.

23 鹿廣(녹광): 廣鹿의 오기.

行了三日到岸, 着李景先探聽。去了一會, 只見慌慌張張來報: "奴酋差一箇胡可賓, 封他做島官, 正在裏邊搜索牛馬米糧·閨女寡婦, 要百姓剃頭投順, 不可前進。" 毛遊擊道: "不妨。百姓不從, 他也是勢孤的。" 領了守備蘇其民·百餘箇軍丁[24], 趕將進去, 出其不意[25], 把胡可賓綁了, 又把米糧牛馬婦女都給還島民。一島盡皆歡喜, 一百六十餘家, 約有七百餘丁, 都願爲國守島。

已嗟投水火, 何幸出塗泥。
願秉忠貞志, 藩[26]屏矢不移。

毛遊擊安撫了, 隨卽開船。到給店島, 也拿了一箇島官任光, 安撫了島中王玉等二百多人。初九到石城島[27], 遠遠一船迎來, 問時, 是本島住民王興祖, 報奴酋差一箇島官何國用, 帶領韃賊二十餘·自己家丁二十餘, 搜括米糧婦女, 先行姦宿, 目下正要解去, 來求救。毛遊擊急引千總張盤·守備蘇其民, 先趕到島口, 搶了他兩隻夷船, 四位銅砲, 四位鐵砲, 刀鎗弓箭, 收下五十餘婦女, 幷米糧, 然後殺入[28]島中。何國用與韃兵要去時, 沒了船, 要戰時, 沒了器械, 勉强拿些棍棒來敵時, 早被官兵砍死了三箇韃子, 其餘都被捉下, 救了一島。

雲霓方切望, 時雨[29]得王師。
枯槁皆生色, 歡呼瀚海涯。

---

24 軍丁(군정): 賦役에 종사하는 장정.
25 出其不意(출기불의): 허를 찌름. 상대방이 방심한 틈을 타서 행동을 취함.
26 藩(번): 藩의 오기.
27 石城島(석성도): 중국 遼寧省 大陵河 앞에 있는 섬 이름.
28 殺入(쇄입): 힘차게 돌진하여 들어감.
29 時雨(시우): 제철에 맞추어 내리는 비.

正在安撫，忽報又有船到。毛遊擊令各兵出戰，卻是遼東左衛秀才王一寧，爲陷了遼陽，特往朝鮮上書朝鮮國王，要借兵恢復河東，國王憐他忠義，賜宴，着人護送，隨進香船[30]到朝中，恰好相會。毛游擊就聘他做了參謀。安撫本島吳承福百多人，就回在廣鹿島住札[31]。又分差部下，收復長山島，招了李二等二百多名，小長山島郭承儒等六百多人，色利島張四等一百七十多人，獐子島李應節等八十多人，海洋島劉時節等八十多人，王家島郭乾等五十多人，共招有二千多人，九箇島子。又招撫雙山屯百姓，裡邊揀有善駕船隻有膂力的，都給[32]他千總箚付，以壯軍威。

一日，對王秀才道：“我前聞得復州單遊擊・金州劉守備，卻有向順的心，卻不答我的書。只爲奴酋勢大，又逼近四衛，我孤軍濟不事來。我欲乾一件奇功，服他們的心。”因留着同來參將王紹勳守住廣鹿島，自己與王一寧帶軍丁四百名，到朝鮮投遞[33]王撫原與他請兵的咨文。朝鮮因見中國無兵，他怎敢出兵惹禍，不就回咨文。毛遊擊只得又到彌川堡那廂候回咨，意待結連原東山逃來的礦徒。只聽得鎮江逃來的百姓說，鎮江遊擊佟養眞[34]，是佟養性兄弟，在鎮江作惡，姦淫人婦女，索詐人財物，人不聊生[35]，部下也是離心的。

毛遊擊聞知，就叫這干人，重賞了他，叫他去對大戶[36]軍官說，說：“我現領兵萬數，在廣鹿各島，來復鎮江。如今又來朝鮮借兵，許我五千，刻下要

---

30 進香船(진향선): 太昌帝가 황위에 오른 지 29일 만에 갑자기 죽자 1621년 天啓帝가 皇位에 계승할 때에 朝鮮의 光海君이 사신을 보낸 사신의 선박인 듯. 이때 명나라 登極詔使 劉鴻訓과 楊道寅이 조선에 와 있었다. 유흥훈과 왕일녕의 관계는 成海應의 《研經齋全集》 권55 〈草樹談獻〉2에 언급되어 있다.

31 住札(주찰): 군대 또는 관리들이 어떤 장소에서 살면서 일을 수행함.

32 都給(도급): 한꺼번에 몰아서 줌.

33 投遞(투체): (공문이나 서신 따위를) 배달함.

34 佟養眞(동양진): 佟養正으로 표기됨. 여진의 후손으로 임진왜란 당시 副總兵으로 참전했으며, 후일 後金에 투항했다가 1621년 鎮江을 기습한 毛文龍에게 처형당했다.

35 不聊生(불요생): 생계를 유지할 수 없음. 살 방도가 없음.

36 大戶(대호): 權門. 權門勢家. 벼슬이 높고 권세가 있는 집안.

到鎭江。若城中有願降的, 可早早翻城[37]應我, 與他官做。不要待我兵來,
玉石俱焚[38]。" 這干人欣然去了。部下守備丁文禮向前道:"這人去, 不知做
得事來麼? 我有一箇契兄[39]陳良策, 原在城中做千總, 不若我去鉤引得他
來, 也是箇內應。不然, 也得一箇眞消息回覆。"毛遊分付小心, 也去了。

到了次日, 先是一箇徐六來見, 道是鎭江千總徐景栢兄弟。景栢在此領
兵, 原非素心, 天兵到此, 願爲內應。目今佟遊擊撥精兵三百, 抄殺黃嘴·
奴山[40]歸正人[41], 城中空虛, 可以攻打。毛遊擊疑是誘他, 卻是丁文禮又回,
說陳良策正做中軍, 願爲內應。毛遊擊聽了大喜, 對王一寧道:"鎭江精銳
去搗屯民, 城中所存不過老弱, 況有內應, 不若乘他不備, 襲取鎭江, 事在
必濟。"就分付蘇其民, 領兵百名·屯民百名, 前去截住剿黃嘴奴山賊兵歸
路;陳忠領兵百名, 自領兵百名, 直到鎭江。離城二十里上岸, 又着丁文
禮去約會陳中軍, 又分付各兵身邊各帶墨煤少許, 戰時塗在臉上, 自相[42]
別識, 免致混殺。分撥已定, 一齊進發。

到城已是雞鳴了, 千總張元祉·尤景和·毛承祿·王鎬·王應鸞持鎗先
登, 衆人隨進, 一上城, 便一齊吶喊殺入。果然陳良策同弟陳良漢, 也吶喊
相應, 直奔佟養眞衙內。佟養眞夢中驚醒, 不知甚緣故。忙與子佟豐年率
兵迎敵時, 被各家丁章得化·楊春一齊砍殺, 一棍早打中佟養眞額上, 養
眞跌倒在地, 豐年來救時, 衆家丁齊上拿住豐年。幷家丁七十餘人, 都被
砍殺。南兵因有別識, 皆不致傷。黃嘴奴山賊兵, 時已得勝回來, 又遇蘇
其民·張盤邀擊, 殺死一半, 生擒了領兵鎭江守堡佟二·雲任守堡高守

---

37 翻城(번성): 성을 뒤집다는 뜻으로, 배반하다는 말.
38 玉石俱焚(옥석구분): 옥과 돌이 다 불에 탄다는 뜻으로, 옳은 사람이나 그른 사람의
구별 없이 함께 멸망함을 이르는 말.
39 契兄(계형): 義兄. 평소에 잘 아는 형.
40 奴山(노산): 雙山의 오기인 듯.《三朝遼事實錄》권5의 "佟養眞選兵一百餘名, 抄殺黃
嘴·雙山歸正人民去訖。"이 나온다. 이하 동일하다.
41 歸正人(귀정인): 오랑캐들에게 포로로 잡혀갔다가 도망쳐 돌아온 사람을 일컫는 말.
42 自相(자상): 자기편끼리 서로.

官。天明收軍, 查點亂軍死了兩箇好漢[43]洪文貴・定有功, 傷了趙文法等六名。出榜安撫百姓。當得兵馬四百餘名, 馬匹衣甲器械千餘, 百姓數萬。傳令不許擄掠, 有犯必斬, 百姓莫不歡悅。

　　江城烽火徹天紅, 驚有神兵出地中。
　　一戰歡呼擒大敵, 太常應自銘奇功。

　　中軍陳良策進見, 就箚授他做鎮江游擊, 徐景栢做中軍, 鎮守鎮江。又移文各村堡招撫, 那各村百姓, 都逼着守堡來歸順, 守堡的略不從, 便被百姓綁綁獻來。城外紛紛的, 今日報馮沾堡百姓擒守堡賊將陳九階來獻, 明日是險山鄉兵擒拿守堡賊將李世科來降。還有箇鹽稅遊擊繆以貞來到雙山收稅, 被住民傅登瀛拿獻。各守堡都各驚惶, 長奠守堡王可禮・中軍畢可佑, 都親身到鎮江投降, 寬奠參將趙一霍, 也差人送款。數百里之間, 守堡賊將, 非逃卽降, 不降不逃, 必遭擒捉, 聲勢大振。

　　毛遊擊自揣, 實是孤軍, 一面催王參將挑選[44]島兵, 同守鎮江。王參將怕奴酋兵來, 只是不動。毛游擊只得將佟養眞等二十二人, 連斬獲的首級七十二級, 差人押解到廣寧, 倂請發救兵數萬, 糧餉數十萬, 接濟[45]鎮江, 可以爲恢復根本。不然恐奴兵必行報仇, 孤軍難敵。

　　王撫卽便具題[46], 奉聖旨:「朕覽文書, 見遼東巡撫王化貞本, 稱毛文龍領兵恢復鎮江, 當陣擒獲叛黨, 解來, 其南四衛亦俱望風響應[47]。化貞指授有方, 將士用命, 遼事漸有次第。但王師貴在萬全, 機宜難緩頃刻, 爾部

43　好漢(호한): 의협심이 많은 사나이.
44　挑選(도선): 선택함.
45　接濟(접제): 원조함. 구제함.
46　具題(구제): 황제에게 아뢰는 문서의 일종. 사유를 갖추어 題本을 만들어 아뢰는 것을 이른다.
47　望風響應(망풍향응): 높은 명망을 듣고 우러러 사모하여 메아리처럼 호응함을 이르는 말.

卽便移文天津巡撫畢自嚴[48]・登萊巡撫陶朗先[49], 着原設將校・援遼水兵,
星夜督發, 從海道前進策應。其化貞調度廣寧兵馬, 相機征剿。一面咨經
略熊廷弼, 嚴勤[50]兵將, 控扼山海, 三方協力, 務收全勝。該部速將兵馬錢
糧甲杖等項, 移催接濟, 毋緩事機。」又旨:「遼左恢復, 但兵寡勢孤, 昨旨傳
與撫鎭道將各官, 同心殫力, 互相應援, 務保前功, 以圖進取。梁之垣著領
勅宣諭朝鮮, 分兵犄角。措發錢糧, 及陞賞毛文龍等, 催解馬匹車輛, 俱如
議行。」

　毛遊擊一片忠心, 拚生拓地, 早已達聖上了。但俗語道: "遠水不救近
火[51]." 毛遊擊終是勢孤, 況又有妬功的人, 不肯發兵救援, 不知還守得鎭
江來麼, 只恐:

　　扼吭機謀巧, 孤騫羽翼單。
　　不知傅介子[52], 能否斬呼韓[53]。

---

48 畢自嚴(필자엄, 1569~1638): 명나라 관리. 1592년 진사에 올라 松江推官에 임명되었
다. 1621년 遼陽이 함락되자 해상 방위를 강화해야 한다는 조정의 의견이 일어 右僉都御
使로 고쳐 天津을 巡撫했다. 재임하면서 바닷가에 군영을 설치하고 戚繼光의 전법을 써서
水軍도 육지에서의 전투를 익히게 했다. 1626년 우도어사로서 南京都察院을 관장했다.
다음 해 南戶部尙書로 고치자 魏忠賢이 겁을 먹고 바로 돌아오도록 했다.
49 陶朗先(도낭선, 1579~1625): 명나라 관리. 進士 출신으로 벼슬은 登萊巡撫, 登州知府
를 지냈다. 뒤에 魏忠賢 일당의 무고로 하옥되어 옥중에서 사망했다.
50 勤(근): 勒의 오기인 듯.
51 遠水不救近火(원수불구근화):《韓非子》에 나오는 말. 春秋時代 魯나라는 강국 齊나라
와 북쪽과 동쪽으로 국경을 접하고 남쪽으로는 越나라의 위협을 받는 등 항상 마음을 놓
을 수 없었다. 그래서 穆公은 왕자들을 晉과 楚나라로 보내 구원을 청할 생각을 했다.
이를 보고 犁鉏라는 신하가 충고했다. "불이 났는데 바닷물을 끌어다 끄고자 한다면 바닷
물이 아무리 많아도 불길을 잡지 못합니다. 먼 곳의 물은 가까운 곳의 불을 끌 수는 없는
법입니다.(失火而取水於海, 海水雖多, 火必不滅矣. 遠水不救近火也.)"진나라와 초나라가
강하기는 해도 가깝게 있는 제나라의 침공을 받았을 때 아무런 도움이 되지 못할 것이라
는 이야기였다.
52 傅介子(전개자): 傅介子의 오기. 漢나라 昭帝 때의 무신. 駿馬監이 되어 大宛國에 使臣
으로 다녀왔었고, 한나라 사신을 공격해 오던 樓蘭國의 왕을 죽이고 돌아와서 義陽侯에
봉해졌다. 누란국은 친 한나라파의 신왕을 세워 국명도 鄯善(Shanshan)으로 개칭하여

纍纍窮島, 奸徒猶思藉以爲奴獻, 倘使收之不早, 其爲登津禍, 不更深乎! 是非三方節制, 乃三面受敵[54]也。 或者曰: "虜習騎不習舟, 代子河·渾河·三岔河, 虜皆飛渡耶[55]?" 島民一爲民, 操舟者不患無人也。 至巧襲鎭江, 可奧班定遠[56]同垂不朽!

英雄捷于擧事, 只是善因[57]。 因民之思, 則易撫; 因民之怨, 則易擒, 直是眼明手快[58]。

한나라의 영향 하에 두었다.

53 呼韓(호한): 漢나라 元帝 때의 흉노 呼韓邪 單于를 가리킴.

54 受敵(수적): 적의 공격을 받음.

55 虜皆飛渡耶(노개비도야): 남조시대 陳나라의 孔範이 "장강이라는 천연의 참호가 옛날부터 남과 북을 가로막고 있으니, 오랑캐 군사가 어떻게 날아서 건너올 수 있겠는가.(長江天塹, 古來限隔, 虜軍豈能飛渡?)"라고 말한 長江天塹의 고사가 전한다.

56 班定遠(반정원): 後漢 明帝 때 班超의 봉호. 西域의 50여 국을 항복받고 定遠侯에 봉해졌다.

57 善因(선인): 좋은 결과가 오도록 착한 일을 함.

58 眼明手快(안명수쾌): 눈치 빠르고 일하는 것이 날쌤.

찾아보기

〈ㄱ〉

강필(姜弼) 42
개소문(蓋蘇文) 84
개원(開原) 40
개주(蓋州) 48, 51, 55, 61, 64
경양궁(景陽宮) 45
경양정(景陽井) 102
고수관(高守官) 70
고조(顧慥) 91
고출(高出) 52, 93
고평역(高平驛) 61, 114
곽건(郭乾) 67
곽승유(郭承儒) 67
관양동(官養棟) 60
관전(寬奠) 56, 58, 84
광녕(廣寧) 51, 52, 54, 56, 57, 58, 60,
    62, 64, 72
광도(礦徒) 68
광록도(廣鹿島) 65, 67, 68, 72
광종(光宗) 86
구련성(九連城) 51, 107
굴원(屈原) 45
굴평(屈平) 102
금복해개(金復海蓋) 82
금인봉로반(金人捧露盤) 39
금주(金州) 48, 51, 64, 67
급점도(給店島) 66
기겁(騎劫) 88

〈ㄴ〉

나일귀(羅一貴) 87

남위(南衛) 50, 59, 60, 61
낭감(郎敢) 55
낭만언(郎萬言) 55
내주(萊州) 57, 58
내탕고(內帑庫) 46, 86, 102
노채(老寨) 56
뇌모대(腦毛大) 54, 108
누르하치 40, 41, 42, 43, 44, 45, 47,
    48, 49, 51, 52, 53, 54, 55, 56, 57,
    58, 59, 61, 64, 65, 66, 68, 72

〈ㄷ〉

대자하(代子河) 74, 82
도낭선(陶朗先) 72, 121
동산(東山) 42
동양성(佟養性) 44, 47, 58, 68, 94
동양진(佟養眞) 68, 69, 70, 72, 118
동이(佟二) 70
동이려(董爾勵) 40, 98
동주(東州) 84
동중규(童仲揆) 93
동풍년(佟豐年) 70
두송(杜松) 39, 98
등래(登萊) 72, 82
등주(登州) 57, 58, 74

〈ㅁ〉

마림(馬林) 39, 98
마승선(麻承宣) 85
만리후(萬里侯) 53, 54
모문룡(毛文龍) 13, 57, 58, 59, 60, 61,

64, 65, 66, 67, 68, 69, 72, 73, 78
모승록(毛承祿) 60, 70
모진남(毛振南) 57
무 지휘(謬指揮) 51, 52
무상(撫賞) 108
무순(撫順) 39, 64, 81
무이정(繆以貞) 71
미천보(彌川堡) 68

〈ㅂ〉
반정원(班定遠) 74, 122
반종안(潘宗顔) 98
반종현(潘宗賢) 39, 98
반초(班超) 59, 112, 122
백랑(白狼) 115
백세작(栢世爵) 81
복주(復州) 48, 51, 64, 67
봉집보(奉集堡) 42, 84
봉황산(鳳凰山) 84
부등영(傅登瀛) 71
북관(北關) 51, 54
불랑기(佛郎機) 95
빙점보(馮沾堡) 71

〈ㅅ〉
사령(沙嶺) 61
사리포(四里鋪) 42
사위(四衛) 51, 52, 56, 58, 59, 60, 65,
    68, 72, 110
산해관(山海關) 52, 63
삼안총(三眼銃) 46, 103
삼원(三院) 82
삼차하(三岔河) 49, 50, 52, 74, 104
삼한(三韓) 38

상아사채(桑阿思寨) 54, 108
색리도(色利島) 67
서경백(徐景栢) 69, 71
서육(徐六) 69
서평보(西平堡) 51, 61, 106
서하(西河) 50
석성도(石城島) 66, 67, 117
선신충(單藎忠) 64, 67
소기민(蘇其民) 60, 65, 66, 69, 70
소알청(小歹靑) 54, 109
소장산도(小長山島) 67
손양(孫陽) 57, 111
수양(睢陽) 101
수양성(睢陽城) 45
수영군(隨營軍) 47
시국주(柴國柱) 81
심양(瀋陽) 26, 40, 41, 42, 47, 53, 56,
    58, 81
십사해(十思亥) 53
쌍산(雙山) 69, 70, 71
쌍산둔(雙山屯) 67, 69

〈ㅇ〉
악무목(岳武穆) 78
애양(靉陽) 56, 58, 80
양우위(楊于渭) 55, 61, 64, 109
양중선(梁仲善) 42
양지원(梁之垣) 59, 73, 112
양춘(楊春) 60, 70
여순(旅順) 57, 111
여일학(呂一學) 60
연연산(燕然山) 57
연운도(連雲島) 64, 116
염세(鹽稅) 71

오문걸(吳文傑)　41

오승복(吳承福)　67

왕가도(王家島)　67

왕가례(王可禮)　71

왕보(王甫)　60

왕선(王宣)　39, 98

왕소훈(王紹勳)　68, 72

왕 수재(王秀才)　47, 48

왕승란(王承鸞)　60

왕옥(王玉)　66

왕응란(王應鸞)　70

왕일녕(王一寧)　67, 68, 69, 103

왕표(王表)　61

왕호(王鎬)　60, 70

왕화정(王化貞)　48, 52, 53, 54, 55, 57,
　　58, 59, 60, 64, 68, 72, 104

왕흥조(王興祖)　66

요동(遼東)　13, 26, 39, 46, 50, 52, 53,
　　55, 60, 72

요양(遼陽)　41, 47, 49, 50, 51, 53, 55,
　　56, 57, 58, 61, 64, 67

요양성(遼陽城)　42, 48

요종문(姚宗文)　90

요좌(遼左)　73, 78

요하(遼河)　54, 55, 56, 57

우경화(尤景和)　60, 70

우세공(尤世功)　86

우유요(牛維曜)　43

운임(雲任)　70

웅정필(熊廷弼)　13, 41, 46, 49, 53, 58,
　　64, 72, 80

웅지강(熊芝岡)　57

원보(元寶)　83

원응태(袁應太)　42, 43, 44, 46, 91

유계조(劉繼祖)　60

유시절(劉時節)　67

유애탑(劉愛塔)　64, 67

유정(劉挺)　39, 97

유하(柳河)　51, 106

육왕자(六王子)　47, 103

이경선(李景先)　65

이광영(李光榮)　81

이병성(李秉誠)　42

이세과(李世科)　71

이여백(李如柏)　81

이영방(李永芳)　44, 47, 52, 55, 58, 84

이응절(李應節)　67

이이(李二)　67

임광(任光)　66

〈ㅈ〉

장계선(張繼善)　60

장괴(張魁)　60

장득화(章得化)　60, 70

장명세(張名世)　40, 41, 42, 49, 99

장문병(張文炳)　40

장반(張盤)　60, 66, 70

장사(張四)　67

장산도(長山島)　67

장수덕(張修德)　91

장승윤(張承胤)　39, 97

장신무(張神武)　41, 49, 99

장원지(張元祉)　60, 70

장자도(獐子島)　67

장전(張銓)　38, 42, 43, 44, 49, 71, 95

저도(豬島)　65, 116

전개자(傳介子)　121

절강(浙江)　41

정문례(丁文禮) 60, 69, 70
정유공(定有功) 60, 70
조몽린(趙夢麟) 39, 98
조문법(趙文法) 71
조선(朝鮮) 52, 57, 58, 59, 67, 68, 73
조솔교(趙率教) 87
조일곽(趙一霍) 71
조취총(鳥嘴銃) 46, 95
주돈길(周敦吉) 40, 41, 49, 95
주동몽(朱童蒙) 53, 108
주만량(朱萬良) 87
주만책(朱萬策) 42, 93
주영춘(周永春) 85
지강(芝岡) 49
직방(職方) 79
진강(鎮江) 57, 63, 68, 69, 70, 71, 72,
　　73, 74, 81
진구계(陳九階) 71
진동보(鎮東堡) 85
진량옥(秦良玉) 98
진방병(秦邦屏) 40, 41, 98
진양책(陳良策) 69, 70, 71
진양한(陳良漢) 70
진이보(鎮夷堡) 84
진책(陳策) 94
진충(陳忠) 60, 70
진향선(進香船) 67, 118

〈ㅊ〉
창평(昌平) 88
척금(戚金) 40, 42, 99
천비낭랑궁(天妃娘娘宮) 61, 114
천진(天津) 57, 58, 72, 74
철령(鐵嶺) 40

철부도(鐵浮圖) 94
청하(淸河) 39, 81
초화(炒花) 51, 53, 54, 107
최유수(崔儒秀) 38, 44, 46, 49, 93

〈ㅍ〉
파토(把兎) 108
포하(蒲河) 86
풍삼원(馮三元) 91
필가우(畢可佑) 71
필자엄(畢自嚴) 72, 121

〈ㅎ〉
하국용(何國用) 66
하남(河南) 40
하동(河東) 53, 58, 60, 67
하서(河西) 43, 48, 49, 50, 56
하세현(賀世賢) 81
하정괴(何廷魁) 38, 44, 45, 49, 100
한신(韓信) 77
한종공(韓宗功) 51, 52, 107
항주(杭州) 78
해양도(海洋島) 67
해주(海州) 48, 51, 58
향학례(向學禮) 60
허제(許悌) 60
험산(險山) 71
현도(玄菟) 89, 106
협하(夾河) 84
형신언(邢愼言) 85
호가빈(胡可賓) 65
호돈토감(虎墩兔憨) 53, 54, 108
호피역(虎皮驛) 81
호한(呼韓) 122

혼하(渾河)　40, 41, 42, 43, 74, 85
혼하구(渾河口)　41
홍문귀(洪文貴)　60, 70
황니와(黃泥窪)　51, 106
황석(黃石)　77

황의(黃衣)　48
황취(黃嘴)　69, 70
회산(灰山)　87
후세록(侯世祿)　42, 93

영인자료

요해단충록 2

『古本小說集成』 72, 上海古籍出版社, 1990.

여기서부터는 影印本을 인쇄한 부분으로 맨 뒷 페이지부터 보십시오.

英雄捷于舉事只是善因因民之思則易撫因

民之怨則易擒直是眼明手快

第十回　　　十

鎮江來麼只恐

扼吭機謀巧　　　孤騫羽翼單

不知傳介子　　　能否斬呼韓

纍纍窮島奸徒猶思藉以爲奴獻倘使收之不

早其爲登津禍不更深乎是非三方節制乃

三面受敵也或者曰虜君騎不貪舟代子河

渾河三岔河虜皆飛渡即島民一爲工銀在

者不患無人也至巧襲鎮江可與廷壁遠略

垂不朽

弼嚴勤兵將控扼山海三方協力務收全勝該部

速將兵馬錢糧甲杖等項移催接濟毋緩事機又

旨遠左恢復但兵寡勢孤昨

旨傳與撫鎮道將各官同心碎力互相應援務係

前功以圖進取梁之垣著領勅宣諭朝鮮分兵特

角揩發錢糧及陞賞毛文蔻等催解馬匹軍帳俱

如議行毛逌擊一片忠心拚生拓地早已遂

聖上了但俗語道遠水不救近火毛逌擊終是勞

孤況又有婦功的人不肯發兵救援不知還守得

十萬接濟鎮江可以爲恢復根本不然恐奴兵必

行報俺那軍難敵王撫卽便具題奉

聖旨 朕覽文書見遼東巡撫王化貞本稱毛文

龍領兵恢復鎮江當陣擒獲叛黨解來其南四衞

亦俱望風响應化貞指授有方將士用命遼事漸

有次第但王師貴在萬全機宜難緩項刻爾部卽

便移文天津巡撫軍自嚴登莱巡撫陶朗先着原

設將校援遼水兵星夜督發從海道前進策應其

化貞調度廣寧兵馬相機征勦一面咨經畧熊廷

賊將李世科來降還有簡鹽稅進擊總兵中軍

雙山收稅被住民傳登瀛拿獻各守堡都各驚惶

長奠守堡王可禮中軍畢可佑都親身到鎮江投

降寬奠將趙一霍也差人送欵數百里之間守

堡賊將非逃卽降不降不逃必遭擒捉聲勢大振

毛遊擊自擂實是孤軍一面催王泰將挑選居民兵

同守鎮江王泰將怕奴酋兵來只是不動毛遊擊

只得將佟養眞等二十二人連斬獲的首級七十

二級差人押解到廣寧併請發救兵數萬糧餉數

丹忠彔　第十回　　　八

悅。

百姓數萬傳令不許搶掠有犯必斬百姓莫不歡

江城烽火微天紅　　驚有神兵出地中

一戰歡呼擒大敵　　太常應自銘奇功

中軍陳良策進見就劄授他做鎮江遊擊徐景栢

做中軍鎮守鎮江又教文各村堡招撫那各村百

姓都過着守堡來歸顧守堡的畧不從便被百姓

綑縛歡來城外紛紛的今日報馮沽堡百姓擒守

堡啟聯將陳九階來獻明日是臉山鄉兵擒拿守堡

基緣故此與子修豐年率兵逃敵屑被各家丁章
待化楊春一齊砍殺一棍早打中修養真額上養
真跌倒在地豐年來救時鼎家丁齊上金在豐年
并家丁七十餘人都被砍殺南兵因有別識背不
致傷黃嘴奴山賊兵時已得勝回來又遇蘇其民
張盤邀擊殺死一半生擒了領兵鎮江守堡修二
雲任守堡高守官天明收軍查點亂軍死了兩箇
好漢洪文貴定有功傷了趙支洪等六名州榜安
無百姓當得兵馬四百餘名馬四疋甲器械千餘

第十回　七

事在必濟就分付蘇其民領兵百名屯民百名前

去截住勤黃嘴奴山賊兵歸路陳忠領兵百名自

領兵百名直到鎮江離城二十里上岸又着丁文

禮去約會陳中軍又分付各兵身邊各帶墨煤少

許戰時塗在臉上自相別識免致混殺分撥已定

一齊進發到城已是雞鳴了千總張元祉尤景和

毛承祿王鎬王應鸞持鏟先登眾人隨進一上城

便一齊吶喊殺入果然陳良策同弟陳良漢也呷

喊相應直奔佟養眞衙內佟養兵夢中驚醒不知

不若我去鈎引得他來也是箇內應不然也得一
箇眞消息回覆毛遊擊分付小心也去了到了次
日先是一箇徐六來見道是鎭江千總徐景栢兄
弟景栢在此領兵原非素心天兵到此願爲內應
目今佟遊擊撥精兵三百抄殺黃嘴奴山歸正人
城中空虛可以攻打毛遊擊疑是誘他都是丁文
禮又回說陳艮策正做中軍願爲內應毛遊擊聽
了大喜對王一寧道鎭江精銳去搞屯民城中所
存不過老弱況有內應不若乘他不備襲取鎭江

姓說鎮江遊擊修養貞倚是修養性兄弟在鎮江
作惡姦淫人婦女索詐人財物人不聊生部下也
是離心的毛遊擊聞知就叫這干人重賞了他叫
他去對大戶軍官說說我現領兵馬萬數在廣鹿
各島來復鎮江如今又來朝鮮借兵許我五千刻
下要到鎮江若城中有願降的可早早翻城應我
與他官做不要待我兵來玉石俱焚這干人欣然
去了部下守備丁文禮向前道這人去不知做得
事來麼我有一箇契兄陳良策原在城中做千總

給他千總劄付以壯軍威一日對王秀才道我前

聞得復州單遊擊金州劉守備却有向順的心却

不答我的書只爲奴酋勢大又逼近四衛我孤軍

濟不事來我欲幹一件奇功服他們的心因留着

同來參將王紹勳守任廣鹿島自巳與上‧寧帶

軍丁四百名到朝鮮投遞王撫原與他請兵的咨

文朝鮮因見中國無兵他怎敢出兵惹禍不就回

咨文毛遊擊只得又到彌川堡那府候回咨意待

結連原東山迯來的礦徒只聽得鎮江迯來的百

第十回　　五.

上書朝鮮國王要借兵恢復河東國王懔他忠義。

賜宴着人餞送隨進香船到朝中恰好相會毛遊

擊就聘他做了叅謀安撫本島吳承胤百多人就

回在廣鹿島住札又分差部卞收復長山島招了

李二等二百多名小長山島郭承儒等六百多人

色利島張四等一百七十多人獐子島李應節等

八十多人海洋島劉時節等八十多人王家島郭

乾等五十多人共招有二千多人九箇島子又招

撫雙山屯百姓裡邊棟有善駕船隻有斈力的都

民先趕到島口搶了他兩隻夷船四位銅砲四位

鉄砲刀鎗弓箭收下五十餘婦女并米糧然後殺

入島中何國用與韃兵要去時沒了船要戰時沒

了器械勉強拿些棍棒來敵時早被官兵砍死了

三箇韃子其餘都被捉下救了一島、

　　雲霓方切望。　　　時雨得王師

　　枯槁皆生色。　　　歡呼瀚海涯

正在安撫忽報又有船到毛遊擊令各兵出戰那

是遼東左衛秀才王一寧爲陷了遼陽特作朝鮮

子思彔　　第十回　　　　四

都願為國守島

巳嗟投水火。　　　何幸出塗泥。

願秉忠貞志。　　　藩屏矢不移。

毛遊擊安撫了隨即開船到給店島也拿了一箇
島官任光安撫了島中王王等二百多人初九到
石城島遠遠一船迎來問時是本島住民王典祖
報奴酋差一箇島官何國用帶領㺜賊二十餘自
巳家丁二十餘搜括米糧婦女先行姦宿二十餘。
要解去來求救毛遊擊急引千總張盤守備蘇其

隨劾用毛遊擊收了與了他一張千總劄付問知

他是廣鹿島人就着他做鄉導到鹿廣島中行了

三日到岸着李景先探聽去了一會只見慌慌張

張來報奴酋差一箇胡可賓封他做島官正在裏

邊搜索牛馬米糧閨女寡婦要百姓剃頭投順不

可前進毛遊擊道不妨百姓不從他也是勢孤的

領了守備蘇其民百餘箇軍丁趕將進去出其不

意把胡可賓綁了又把米糧牛馬婦女都給還島

民一島盡皆歡喜一百六十餘家約有七百餘丁

第十回

三

81

高明裁之

一邊又到別處去相機招撫爭奈海濤洶湧民船

又小風又大不能前去要到四衛軍少恐爲各地

方守將所害不敢遠然登岸船中漸漸乏食打到

一箇地方船戶認得是猪島上去看時房屋都已

燒燬並沒一箇人止得二十餘隻牛便分給衆人

克食于路行止約巳半月是七月初一日開出外

洋撞得一隻海船爲首的叫名李景先帶領水手

二十餘人駕着聽知毛遊擊是招撫官就情愿跟

道

河西巡撫王　標下遊撃毛文龍謹致書

某官麾下奴酋犯順神人共憤獻首闕下知有

日矣

麾下世食國恩忠勇自負豈肯為奴用特聲息

隔絕無能自援耳募府新承簡命出兵廣寧熊

經畧復為後繼恢復遼陽凡屬舊臣各宜洗心

竭力共圖犄角滅奴報主以成偉勣如共遷延

觀望不惟忠節有虧恐亦非所以全身也唯

第十回　二

衰年自分殞兵革。　何意重瞻日月光。

呼見莫惜從軍死，　擬把微生報天子。

淨掃胡塵復白狼，　也應含笑重泉裡。

忠義之心人皆有之，但一將力竭爲他兵威所阻，不能自援豈沒簡報王之思，故一成一旅終興了。夏國但須得一箇人收拾他聯合他纔能爲國家用。毛遊擊帶了這二百人駕了四隻船來到連雲島打聽守蓋州是降將楊遊擊復州單遊擊金州劉守備把守毛遊擊都差人送書與他勸他反正四

第十回

遍巡島嶼撫窮民　夜戰鎮江擒叛將

濤聲夜半鳴如鼓　夢破蓬窓驚起舞

鮲生壯志在澄清　熱血滿腔今欲吐

山河觸眼恨依依　忍令朝廷遺慮飛

窮島遺黎悲夜雨　荒郊俠骨映殘暉

殷懃執手好相對　世食杜恩莫懷怍

官軍日下出榆關　指顧狴牢成粉碎

父老聞言眉暫揚　似欣似戚惝徨傷

先事氣足奪之自成以二百人任招撫之事氣

足奪之也固宜其能自堅于海島。

千公象　第九回

建奇功倘此去得叨神庇名遂功成。願更為娘娘

立廟永永奉祀瞻禮而出十六日風靜便行去沿

海招撫地方但不知此去吉凶何如

　　　乘風直入驪龍穴　　要使明珠入掌來

奴虜一策行于無挾時易行于有挾時難況西

虜亦明而熱于計以金繒易一死亦所不為

其不為用寧待寇廣寧見知卽撫民亦是不

得巳之局救敗局不得不在不然或然間下

手此僉以為一片熱心人也

月十一日來到西平堡見了守堡都司王表託奉
差南衛公幹王都司道聞得蓋州遊擊楊于渭已
降奴首排門點兵驛送遼陽又差兵把守沿海不
許百姓逃入海島此去恐多艱阻毛遊擊道下官
此去自能相機行事斷無中止之理王都司便若
人去尋船兩日捉得四隻民船下了船纜行得到
天妃娘娘宮前忽然狂風大作百艱秋天毛遊擊
只得停了艙步上宮中閒玩只見宮殿頹珊像貌
剝落毛遊擊向前瞻禮道文龍奉差招撫各島圖

平□錄　　　第九回　　　九

73

千總　張　盤　陳　忠　王　甫

把總　張繼善　向學禮

　　　張元祖　許　悌　王承蔭

　　　尤景和　毛承祿　王　鎬

　　　呂一學　張　魁

家丁　劉繼祖　官養棟　章得化

　　　楊　春　定有功　洪文貴等

離了廣寧，一路來人民逃散看不了淒涼景色也。

受了些水宿風餐辛苦沿着高平驛迤了沙嶺五

兵與南衛犄角至于鼓舞英雄收獎豪傑更得都

爺空頭劄付數百聽文龍便宜行事王撫一一應

承寫一紙差往南衛公幹的牌并咨文劄付又取

行糧犒賞與毛游擊着他起身臨行時分付道恢

復河東在此一舉務必小心倘有可乘機介卽行

閣報毛游擊道仰仗 朝廷威靈都爺嚴令此行

必竟聯合四衛招回叛逆斷不辱命辭了王撫就

帶了部下二百死士東行是

守備　蘇其民　丁文禮

第九回

海島集

八

71

儻有與文龍知交的文龍還能招他來使奴酋腹
心內潰王撫聽了大喜道這是奇着成來便是奇
功你若能做來他日封侯列士。朝廷斷斷不爽
但不知你要多少兵馬錢糧毛遊擊道這事爲之
須密豈可用多人昔班超以三十六人定西域文
龍部下自有二百敢死之士內中也有長千謀畧
爛于應對的用此足矣兵糧亦不必多多亦爲累
但朝鮮與四衞相近近日　朝廷差梁監軍前往
宣諭倘他不爲虜用還求都爺發一咨文着他助

敗屢起不肯降賊便是降賊或者迫于兵威勉強
相從未免沒有乘機逃回乘勢內應的思想急須
收拾彼此聯結在遼陽之南做一勁敵為東乎之
羽翼登津的前鋒若遲恐佟李二賊把兵威東迫
脇四衛一失河東皆屬奴酋大事去矣王撫道①
是我急欲招撫但虜騎縱橫無人敢大你肯為國
家出達力願毛遊擊道文龍每從行陣旋一死恨
國若都爺見委便當拼一死入虎穴龍潭招集逃
區結連忠義據守四衛就是日下奴酋牟中降將

第九回　七

穩守住了沿海一帶地方待中國兵勢足了發兵渡河直取遼陽他都出兵寬奠去攔奴酋老寨或是助兵攻打遼陽這也是支奇兵若中國兵力不足止可守得廣寧奴酋若妄想河西與兵渡河必竟怕四衛出兵恢復遼瀋又怕他輕兵在後掩殺是個犄角就不然豈有這千人不愁朝廷朝廷都愁了他使他為奴酋收羅但只是看這些文武中都是畏刀避劍貪生怕死人物有些謀畧的他都利害的念頭武明了便沒膽氣有些膽力的。

事故訪他姪子郎敢去道萬言相約脅奴酋着他
為助事泄奴酋殺了郎敢膝了萬言楊干渭在益
州助虜暴虐因他同本衛各官納欸王憮獨以諭
帖與他衆官不憤事泄奴酋拿于渭回遼陽不用
這都是離他腹心處還又想四衛這些義士都怱
身怱家不肯從虜道等心腸這等力量必竟為
國家做得些事雖是殺的殺了逃的逃了還有未
殺未逃的或圍聚在村堡或躲避在海島山林正
當豫他以忠義使他結連四衛屑齒相依頜島為

第九回

五

萬歲兩銀子買住了各虜就是不得亦他免得他

乘驟援且還可虛張聲勢使奴酋不敢深入早已

敓了西虜。

　　獨守西河羽翼彤　　憑將金繒敓天驕。

　　精恍會見蠻夷服　　一望狼煙萬里消

又用間拿住李永芳姪不殺與他書一封呌他圖

奴酋事成把遼陽封他送他過河被奴酋巡邏拿

住永芳再三辯明後來因見永芳阻他入犯不肯

濫殺遼人積疑幾至殺害叛將郎萬言在奴中用

的孫子桑阿思寨來說要共殺奴酋王撫着通官
對他說你便是北關女婿當日　朝廷憐北關死
事曾拿二千銀子賞你妻子你如今若盡心為國
替國家殺了奴酋不惟為中國也為你妻家報仇
中國還有厚賞他應承率兵一萬來助陣王撫賞
他銀二千兩做乾糧之費炒花如道起領了自己
五大營說來助陣也與他乾糧一萬兩小女青也
着人來領乾糧銀三千都約奴酋兵二渡河便來
策應若天兵征勦奴酋都領本部來從征王撫只

第九回　四

春倫金帛三車他道不足有了夔陵要来報效王

就差通官万里侯前往說他道西虜没緊要害

着奴酋奪得地方他却收去得得些金帛早已没

了許多人馬如今惡了　朝廷絶了撫賞是因小

失大炒花推道助奴酋的是十思亥與我無干我

是受　朝廷累年賞賜正要為　朝廷出力萬里

侯回覆王撫議在年賞外加他賞三千六百兩與

他在遼上鎖刀立誓再不與奴酋通好若未寇

廣寧他還助兵相殺虎墩兔憨差大頭目腦毛大

使不爲哈赤用爲我盡力是個要着所以廣寧監

軍王化貞剙剗觑虜一論投揭各衙門還求廟堂之

上急于應遼緩于處家銳于力行寛于持論此時

朝廷先因朱給事勘熊經畧功罪已覺熊經畧有

部尚書仍舊經畧限五十日赴京還未至就先惺

功于遼着俟起用隨爲遼瀋失陷就起他以兵部

監軍做個巡撫料理河東事務着他效西虜西房

是虎墩兎憨三十六營炒花把兎等二十四營遅

些韃子先前也隨哈赤取遼陽但爲破城時止與

遼海丹忠錄　第九回　三

壞了李永芳左臂却已被他搶斬其餘砍頭剖腹。

折足斷腿極其慘毒其餘從韓宗功逃入朝鮮譯

指揮奴酋累次招降不從被他起全遼兵馬勦盡。

息不聞須得聯絡可爲我用監軍高出曾具揭要

止剩四衛人心還未盡順但只隔了個三岔河聲

將廣寧委于西虜我兵得以全力駐山海東虜若

還無心廣寧且以西虜爲外蔽若要取廣寧必與

虜相爭。兩虜相爭。我可乘其敝但不戰把 朝廷

數千里地平白送與人也爲哈赤笑惟是離間他

我暗裡又與奴酋結連、縱是不與奴首結連郤坐
觀成敗或虛出兵馬應名也沒奈他何只是敎得
他不來侵犯分我兵力使我分頭支持也是一策
一支是金復海蓋四衛奴酋陷了遼陽附近都已
剃頭歸順。獨有東山礦兵推韓宗功爲首九連城
諉指揮與四個兄弟各發家財萬兩招兵買馬要
議復遼陽金復海蓋四衛各嬰城固守不容剃頭
的降民入境俱不肯從奴與奴攻殺都是忠臣義
士後來礦兵遭李永芳率兵掩殺雖是一餅子打

第九回　　　　　　　　二

区河西一塊地止靠得三岔河一條水但這水闊
不過七十步沿河有一百六十里若說守得多少
兵馬守他况聯船渡河處所有倒兩下堡還有些
兵至于柳河黄泥漥兩個淺處要防奴酋進兵的
都無兵馬守且不足還說甚正兵討賊止靠得兩
支奇兵可以牽制一支是西虜炒花等二十四管
韃子向在廣寧邊外他若歸順似北關常發兵相
助可作廣寧羽翼使奴酋不敢正視廣寧但炎性
不常和他必竟要金帛就與他金帛他又明說順

第九回

欸西夷牽東虜　撫南衛固西河

絕塞滿胡笳　將軍遠建牙

海濤連鼓壯　林影逐旗斜

智勝何嫌寡　心堅可碎瑕

從茲玄菟地　長劍碓妖蛇

兵法有正有奇堂堂之陣正正之旗仝軍直往此
爲正兵若一旅之兵擣虛扼吭或偏駐以綴其師
或輕騎以截其前後此爲奇兵遼陽一失將士逃

第九回

57

第八回

首領喁喁兒女態之人
何之一門死義崔之臨難不避大廷愾海全
陽陷後遼陽猶廟祠之其忠節尤勳宠灮而
英雄能識英雄乎至于文臣中如張作御遼
四以爲國用者卒能慷慨赴敵殺身成仁非

金復海蓋四衛都爲朝廷堅守奴兒哈赤差一個

投降的運糧通判黃衣賜了他一件蟒衣剃了頭

帶了三個家丁，都與他馬騎着他招降四衛與河

西地方，被監軍道王化貞竟着人拿來數他不忠。

將來砍了并他三個家丁，都梟首通衢示衆河西

人纔有固志那奴酋郤又得隴望蜀差他兒子來

探三岔河水深淺待來勢圖取河西但不知道河

西文武能留得這塊地方也不。

周敦吉裒各世張神武皆熊芝崗疏薦山之羆

中國的都隨我來一時百姓聚上五七百奪門而
出。奴兵知道趕來趕了十餘里漸漸趕著王秀才
道他馬我步料走不脫不如殺他一陣死伸逃生
叶衆人札住吶喊他父子與一班不怕死的兒在
沙場上捨了些刀鈴一湧趕回不管人馬亂砍亂
關奴兵料他復回必是挤死相殺他倒郴憋馬走回
反殺王秀才退了一陣然後與道此百姓漸漸走
入河西地方凡附近遼陽城堡都似奴酉左兵物
殺都剃了頭降順只有東山一起礦兵不肯投順
于公衆　　　第八回

回的都將來殺死也不下四五萬人。過一日父在
城中揀人生相瑰瑋或是官吏生員不肯從軍的
叫他同南去着一個頭目坐在西門外逐名點出
將來殺死此時有王秀才是遼陽人是極有膽極
有膂力的人有六個兒子都有些本事父子計議
道左右是死不如殺出門去殺不出再死未遲難
道我父子七人逃不出一個父子們都帶了刀走
近門邊拔刀便砍那頭目措手不及先被砍倒其
餘部下被他兒子砍得飛走王秀才大叫道衆當

弓五千箭四十一萬欽鑲允子鋼輪火人火馬火

鎚十萬釘鐵牌盾無算都入奴酋之手那奴酋却

叫佟養性拊撫西兵每名與他安家銀三兩着他

剃了頭發在瀋陽六王子部下從征又着李永芳

向城搜括百姓衣服金帛在場中分與隨他攻遼

陽的西虜廿五六日怕城中人多生變分付原係

村堡百姓避在遼陽的各歸村屯原住遼陽的每

家有五個男子聽揀選三名三個別子聽揀選二

名隨營征進凡是客商道他必竟是無妻室㪽逃

　　第八回　　　　七

外邊這些各總兵與各監軍見城中火起知道城
陷了不能救援各自散去只是熊經畧令旗招回。
平日撫集百姓商賈數十萬與兵部力爭道紙上
有兵遼東無兵主客兵十三萬起廢釋罪南徵北
取將村數百員舊存新收與　聖上奏討戶部徵
催百姓膏血餉銀八十九萬六千內庫咨討開局
打造二百斤大砲數百位百斤七八十斤砲三千
餘位。百子砲千數個三眼銃烏嘴銃七千餘個盔
甲四萬五千有零戰車四千二百刀鎗二萬四千

口大井四個相繼跳入井中何守道也向闕拜了

四拜往井中一跳。

監軍崔副使聞得袁經畧已死噗道同有城守之

未伸殺妾志、　　　　早蓄屈平心、

豈是景陽井、　　　　貽羞直到今、

責豈可獨生走入都司四顧無人解下繫衣嬚絲、

自縊在都司堂上、

嗟無術繫勾奴頸、　　猛把長纓了此胚、

臣節君恩兩無頁。　　三韓猗自頌芳名

第八囬　　　　　　　　六

天朝御史斷無降理何不速殺我便憤罵不住奴

酋道好漢子且送他回察院叫佟李兩個勸他投

降張御史責二八不忠背國復大罵求死竟為奴

酋所害至死罵猶不絕

快齒羨睢陽。　心堅百錬剛。

從今青史上。　千載共名芳

何守道見賊已破飛馬跑入私衙見了兩個愛妾

與兩個女見道賊已破了不可偷生汙于奴酋之

手、兩個妾道妾已辦一死斷不屏身竟奔花園一

則俱凶豈有獨存之理且自固守以待外救仍與

守道何廷魁監軍崔儒秀分城拒守到得酉時小

西門忽然火起奴酋蜂擁上城城裡邊奸細與一

干怕死的又開門迎降袁經畧便奔上東樓拔刀

目列

節鉞叨天寵　　　無謀愧折衝

敢辭身一死　　　聊以勸臣忠

張御史他自矢必死緩步下城早彼賊兵簇擁上

馬來見奴酋張御史了無懼色向奴酋道奴酋我

于十六友　　　第八回　　五

半攻打虜營使他內顧不得全力攻城一半向城下抵他攻城兵馬先是監軍牛副使殺出到得小南門奴兵隔河放箭中了一箭跌落水中從兵扶得上馬走出竟催不兵來東西二門巳是擺滿韃子雲梯巳傍了城下將火器打時火藥巳漸不勾用經畧看了對張御史道應泰不才叩為經畧不能為國恢復寸土反失國家兩鎮何面目見

聖上惟有與城相存亡而巳獨按臣無閫外之責尚可收拾餘燼退守河西泰死且不朽張御史道巳

畧恊督僉李梁姜朱五個總兵分頭迎敵自已就

宿在城外營中留張御史督兵守城十九二十兩

逢大敵互有勝負不料廿一日奴兵竟自架着砲

車在東山安下營寨經畧就列陣在東城外點放

火器打他打死的都又是奴所驅來各牛傷小卒

雖費了許多火器疲了許多精力不曾傷着奴兵

一些他又分兵一支直攻小西門經畧怕城中有

失救應恊退入城五個總兵反隔在城外不能助

守經畧只得着各監軍出城催遶幾個將官分一

千恕象　第八回　四

待提兵在渾河口等他半渡那奴兵已風雨似渡

河來了戚總兵在寨分付莫亂動把火器打去寨

外地寬打去時奴兵都走散了他駕着瀋陽砲車

來打時寨中反不能避彼此交打了幾陣南兵火

器又盡寨已打壞戚總兵道廝殺罷張總兵便督

了衆軍舞動團牌長鎗狠笨一齊亂殺也殺勾四

個時辰當不得他的火器全管覆沒經畧得知怕

傳令箭撤奉集兵分屯城下以防攻遼陽城果然

奴首領着兵馬漫山塞野而來到了四里舖姜經

竟日不免飢疲被他驅率鐵騎隊隊奉土司周鎰

擊雖又拼死砍殺他數多終久寡不勝眾遷有一

個張神武他勢巳敗不肯退步與周遊擊道莫頁

熊經畧識拔我你的心卒庵下八千多人死戰與

吳文傑四個都遭殺害死在沙場

　　俠骨委荒阡　　　　身殘名日全

　　臨危猶抱恨　　　　未盡怵惕魂

各將部下張神武兵士八千餘願與徐州武同死

不肯渡河其餘殘兵潰圍逃入浙江歸張總兵便

　　于志泉　　　　第八回

怒石砸土官秦邦屏道賊兵前次攻陷開鐵都沉
醉而去今得瀋陽畢竟也如此我何不殺擊他惰
歸便率本部渡渾河前行周遊擊也揮兵尬進只
剩總兵戚金張名世兩個屯營河南做後援衆兵
繞渡得河不期奴酋這番竟與前不同只留老弱
守著瀋陽其餘精兵都帶了瀋陽搶穫火器向遊
陽殺至兩邊迎著秦土司周遊擊兩個奮勇砍殺
無不一當百首先殺死了他三千多人奴兵退而
復進者三次爭奈奴酋兵多分番來殺南兵大戰

左都督廳一子本衛正千戶立祠　賜祭葬趙夢

麟馬林伏原職　贈二級襲蔭二級從祠附祭宗

宗賢　贈光祿正卿廳一子錦衣衛百戶世襲

賜謚立祠董國勳張文炳　贈按察司僉事廳一

子入監讀書從祠附祭其餘死的俱　贈官陞廳

朝廷優禮死者更足激勵生者豈不死于王事反

因逃遁死于王法之理瀋陽陷沒軍民逃散報至。

周遊擊大怒道我等不能殺賊救全瀋陽　朝廷

何用養我們我們三年在此做甚麼報將俱各奮

于怠業　　第八回

地方託我撫託我按託我守託我巡或託我鎮守。

託我守備把一完全地方與我自常把一個完全

地方還　朝廷故存則俱存以則俱以不可苟且

貪生上頁　朝廷付託下頁一巳名節方叫奇男

子烈丈夫兄我　朝廷又待死節之臣不薄卽如

遼東死事的清撫忠事總兵張承胤　賜謚祭三

壇立祠　賜額旌忠四路出師死事劉綎　贈左

都督少保王宣。　贈左都督少保麾一子本衛指

揮僉事世襲　賜謚立祠加祭葬杜松　贈少保

第八回

侍御罵賊殉節　　兩賢殺身成仁

野風驚胡日慘陣雲愁聽夜深羌笛悠悠孤

城繚繞舉頭一望滿戈矛爲問援師何處也

鼓冷邊頭　怒難平眉半閒腸九折淚雙流

拚此身碎首轟衷還悲還恨三韓失陷倩誰

收身凶城覆向九原猶月貽羞

右調金人捧露盤

語有云封疆之臣當死封疆尤凶　朝廷把道佰

于忍象　　第八回

劉慶常曰今之人眼眶甚小脣舌極多事至來

手無策事平議論風生議論生而禍亂生矣

正驅熊用袁之事也

丹忠錄　　第七回　　　　　九

火器械來攻打奉集堡并遼陽城豈不更是可恨

正是

援絕孤城嘆不支　　幾多膏血飽胡兒

却思當日經營者　　枯据渾忘寢食時

讀熊經畧交代一疏一片血言許多心血綵一

巳之經營券他人之失陷瞭如指掌乃卒使

其言驗何耶而尤可恨者奉制其身而失河

東究又虛拘其身而失河西耳

只十餘日裡面送與奴酋又反得了許多錢糧軍

打奴兵倒打了自已不免驚亂奴兵趁造個藝隙。

把土填壕直向東門賀尤兩總兵還分付將士在

城下堵殺不料外邊虜兵吶喊裡邊降夷也一齊

吶起喊來數處火起兵士便無心戀戰一起奴兵

他是赤身持刀只帶一頂盔的極其猛勇東亂飛

身跳上城來亂砍守城兵馬下的降夷已砍開東

門奴兵大進賀尤兩總兵料已不濟事領了些敗

殘人馬從西門殺出不知下落可惜熊經畧任勞

任怨築就一箇城子千辛萬苦聚集得一城人民

第七回 八

朱總兵姜總兵帶了二萬兵離城十來里下了寨。

不敢前來遊擊周敦吉要領兵渡河與瀋陽裏應

外合夾攻奴酋陳童兩總兵又不肯瀋陽沒救兵。

先時張御史銓巡按瀋陽見城裏降夷多得緊防

有奸細。分付奴兵臨城畢竟分發這千出城不可

留在城內此時賀總兵道隔他城裏還聲息不聞。

若放在城外容易走漏軍機仍留着只是差兵巡

察可以無患苦守十多日奴兵見無救兵分兵急

攻可怪火藥鳥嘴佛郎機因連放熱了反炸開不

前邊擋着銃砲後邊一層排着弓箭前手後邊把車
子載着泥土要填溝壍車後是鉄騎正如宋時金
兵用的鉄浮圖人馬都掛鉄甲只剩兩眼鎗箭急
切不能透入只待木板當過了火砲乘我兵裝放
火藥他就發箭亂射我兵馬使不得拒他這番就
把泥填壕一填就縱鉄騎過來冲殺隨帶雲梯鈎
竿攻城喜是兩個總兵督率兵士城上城下火砲
分番打放奴兵不得近城彼此都傷了此人這邊
經畧差戚總兵去搗巢要驚他內顧卻緩不及事

十二泉　　　第七回　　　　　　　　　　七

只見奴酋帶領各王子佟養性李永芳人馬約

有五六萬帶有雲梯鈎竿。十一日夜半渡了渾河。

十二日直抵瀋陽各墩臺都放號砲舉烟經畧知

得一面分付奉集將士固守本堡一面督陳策童

仲揆二將前往救應此特瀋陽是熊經畧先時料

理周圍有兩重城壕引着水圍遠壕內密擺砲車

賀總兵與尤總兵聽得賊至把兵沿濠擺列分付

賊到百步方放火砲城上也發銃礮奴兵馬早

已備禦都把五六寸厚的大板做排牌似把抵在

先熊經畧嚴厲凡有降夷都分配各軍不使一處

又着將官潛行緝訪若有可疑是奸細的任處死

做事甚密人不知他殺降也並沒一箇失得好處

到了袁經畧秉性仁慈他道夷人既來投我營

殺之是阻了後來之心賀總兵又道降夷中儘多

猛勇堪戰的不若收他為用以夷攻夷以此來的

都收也不行分方安插就留在進防瀋陽城中又

要得他的心他在城中姦淫強奪無所不用制他

民心甚是不悦都已内中藏有奸細了到二月十

牙忠象 第七回

萬防守遼陽總兵劉孔𦙾部兵一萬防守其餘瀋
陽蒲河各屯兵一萬奉集堡屯兵七千以總兵卿
秉忠管理聯絡照應，極其詳密人馬器械，極其精
強，奴酋因探知熊經畧去任袁經畧新來，忽然發
兵數萬突攻奉集堡，被高監軍督兵將火器流水
打去雖不曾打傷得奴酋精銳人馬但是奴酋驅
迫、來新降遼民充作前隊的，巳打死數百又得朱
總兵帶兵從奴酋後面冲殺開原道崔副使又領
兵來援。一路塵頭障日奴酋遂退兵回去只是當

不寬為新經臣慮為經臣止戏為封疆慮為國家

慮也。經過北京具本謝恩圓籍聽挏

望重凝原重。

頓將經濟手。

功多謗自多。

棄擲歸山阿。

道廟袁經畧莅事也大振作一番橃順用總兵賀

世賢李秉誠張良策尤世功朱萬策童仲撥六員

監軍副使張愼言高出二員兵五萬防守清河川

總兵侯世祿梁仲善姜弼三員監軍副使牛維曜

兵三萬防守寬霙總兵劉光祚監軍胡加棟兵二

五

守為新經臣處如臺省言再不可徵調空議邊再

不可騷費空海兩邊必喪言者之手如戶兵工部

仍前咨討不理遼必喪各部之手為新經臣處徵

調兵部但以一咨出門了巳事省鎮但推老弱出

境了巳事雖再添十八萬兵亦無用為新經臣處

地方事當聽地方官為之處凶地肩重擔自能區

處停妥幹辦緊急何用拾括帖語歐人意而一不

聽輒慎人參人至違制償師大將之事零碎損椋

有無隱匿道將之事俱以罪經畧議論不省文墨

本城對賊五六十里彼此相待別遣毛兵淅兵出

寬繫川兵土兵出清河撝勦後竪招降旗懸檢逆

之類已檄諸將秘辦是交代方畢又自比驗是人

賞格不出一兩月必有內應一應軍中棚帳錦日

家有盜劫火燒者垣墻屋壁什物財帛僮僕焚掠

馨盡主人東丐而西乞操作苦撐支成一家當

亦欲自己受用無奈宅不安人常生疾病又官訟

誑纏而陷之死自不得不舍之而他適又道年來

廟堂議論全不諳軍中情實第憑賊報緩急爲戰

丹忠錄　第七回　　四

准他回籍末後着勘明。以明功罪先時巳陞袁應

太做遼東巡撫如今又陞他做經畧熊經畧就將

旗牌冊卷盡行交與袁撫又上一箇本說當日受

代于楊經畧今日交代與袁經畧人民城堡兵馬

錢糧器械西虜奴賊見事事皆經畧大聲疾呼爭

口閒氣得來皆經畧廢寢忘飡吐血嘔肝幹辦得、

皆經畧身親脚到戶籌手畫所親授、又道曾遺監

軍與諸將商議令冬揚兵撫順明春移各路兵六

七萬扎三大營于撫順城下四面統以戰車環以

訓練莽領不部署人心不戢於事事工作獨尚威

嚴廢置群策群力而獨智獨賢熊經畧自想歷任

來有功無過所奏不實如何心服如何不辯一辯

之後自然群起又有道他八無謀三欺君的又有

道上方之劍僅供作威之具的又有道以破壞遼

畧　巳告病求去至此竟繳了尚劍方辭職又求

雅之後人以為聞胡馬驕嘶心膽隳地的熊經

勘以明白自巳心迹先將　聖上也慰留到後遂

道是市虎成于三人人言屢至慈母也投杼次後

第七回

三

子不至

索兵累累上本道他催迫不前兵部怨為索餉累
累上本道他轉運不時戶部怨索器械累累上本
道他器械不堅利工部怨馬匹不肥膘僕寺怨斬
逃將懦將要逃的必定怕他怪他斬貪將貪婪要
錢者必忌他謗他仇口既多傳揚又容易失真更
有為國事繁的反覺他似做事懶為屬望他重的
反覺他立功遲不能無說到一辯之後又惹出他
未勝心來越發要搜求過失一唱數和必至不能
安其身繞止故此當日熊經畧有人道他兵馬不

全周住了瀋陽當日將官出戰望風先逃道臣檻

慰洒淚不往如今都有固志當初以十餘萬精兵

敗于奴手如今日在瀋陽抵敵明日在蕭河截殺。

或守奉集堡或守虎皮驛或守清河撫順或守寬

甸鎮江還也修城開壕採青牧馬況且當時巡歷

以察軍心常峙搜緝以絶奸細全遼也成一箇光

景了奈是實心做事自然沒有情面司道不肯任

事的自然要逼任事將官不肯用心戰守用心體

恤軍士的自然要他用心不免加以嚴威況且爲

于忘身　　　第七回　　　二

極難肩了一個前靠不得後推不去擔子懂了一
班左呼不應右招不來時節眞是自痛自知自結
自解若沒些主持憑着人走莫說于人百議不能
盡從便從了遠事有功便道是我代他籌畫事若
失手偏又道他不能盡依歸罪于他洗脫自巳若
是一個持守得定獨行其是的却又說他自矜愎
諫捉風捕影誹謗着他直要弄壞朝廷事以博自
家先見熊經畧在遼東年餘離不能大有斬獲且
至時有損失但當日來時遼陽百姓還要逃凶如

第七回

易經臣禍產亡遼　收降夷謀疎覆審

疆宇烽烟息，　　岩廊議論生，

父書名易起　　　遺矢謗誰明

騎劫新持鉞，　　昌平早退耕。

却憐玄菟地。　　擾攘滿干戈。

凡事從來有一個去擔當的叫任事有一個謀議的叫論事這論事的極易身子在局外或憑着一人之見或聽了別人之言可以信口說得那任事

第七回

一

一味實心任事。乃蒙剛愎之名。嘗讀其奏疏書
牘令人淚落。

第六回　　　十

至廿三日黑夜潛往石碑山塔兒峪兩處出境經

畧知是山險且奴慣用伏兵因傳令班師囘至瀋

陽大賞將士申飭以防再舉這戰若非經畧往來

督戰那一箇肯竭力盡心熊經畧之在遼東不惟

心勞力亦殫矣

　　　為念君恩重　　　何辭百戰艱。

　　　直教胡馬盡　　　不敢度陰山

監工督戰為衙官禆將所不欲為非實心體國

何以如此若人也如今那得來那得來

麥子山巡哨自巳往瀋陽鎮守以便資總兵可以

出兵救援復至奉集廿一日只聽得傳有砲聲報

奴兵數萬圍住蒲河經畧便著薛守道看守奉集

自巳披甲上馬督領副將李秉誠往救正行之間

又報瀋陽被圍復差川土兵周世祿前往援救到

時恰值賊攻北門城壕火砲齊發經畧中軍朱副

總卽便督率各將向前砍殺經畧巳督兵殺散瀋

河奴兵又親自領趙副將羅彩將各兵策應奴兵

退守灰山經畧又親至山下督兵攻打奴兵不出

退兵而去經畧到瀋陽重賞有功將士將哨探不

遼撫順遊擊綑打四十靖夷坐營綑打四十干總

饒斬綑打一百責令立功自巳因病嘔血又因回

鎮東堡時馳馬急行從馬上昏倒下地半日始醒

十六日至遼陽告病　聖旨不准只得力疾視事

巡撫周永春又丁憂回籍熊經畧獨力支撐又虧

得七月間　新皇登極特發帑銀一百萬兩解赴

犒賞軍聲大振八月中經畧打聽得賊中饑餒巳

分付副將尤世功同川將周世祿土司彭宗卿在

雲梯鈎竿前來喜得瀋陽新經熊經畧修築城裡
又邢分牛帶領梁遊擊等守倘且是堅固。經畧在
鎮夷堡聞報卽發令旗令箭着賀柴二總兵迎敵。
黑夜馳馬走一百餘里到鎮東堡調度這廂賀總
兵差副將麻承宣領兵一支回守瀋陽自巳領兵
趕至渾河沿與冦瀋陽賊兵大殺奪獲鈎梯挨牌
三千多副斬獲首級奪獲夷馬救回被擄人畜不
計其數柴總兵又領本部兵馬直至小尖山榆條
寨抵任奴酋冦奉集人馬也斬獲數多奴兵只得

第六回　　八

一路都是山路登岩度嶺。過澗盤溪軍士下馬步
行，熊經畧也步行直至靉陽寬奠沿着鴨綠江一
帶直至鎮江城復至險山舊邊渡夾河登鳳凰山。
尋唐時莫利支益蘇文屯兵去處又往鎮夷堡早
奴酋奸細報入虜營李永芳討議道經畧巡邊遼
瀋必虛竟在十二日帶領精壯三萬餘人自己打
着黃傘龍旗一支從東州地方沙地衝出直取奉
集牽制住賀總兵人馬使他不敢敕瀋陽一支從
撫順關進兵直犯瀋陽後邊又有四萬多韃子緊

去關熊經畧大惱卽鎖娼與陳倫到院又着人去

搜他寓所經畧還無意殺他只是在寓中搜出他

尅減兵糧銀有五十二箇半元寶共計三千二百

四十兩又看他家書寄回銀有五千多兩審是每

月迯故空糧三百分都是他收又每哨遍取下程

每月三百五十兩所致經畧大怒將來斬了示衆

部下將官那一箇敢不留心軍務還敢尅扣軍糧

六月初四日熊經畧見遼瀋大勢已定又巡視沿

邊城堡以便增改自奉集堡起身次日到威寧海

十島集　　第六回　　七

被西虜佔做贜地，如今瀋陽只以些少兵守，恐不能做遼陽屏護。復責瀋陽增修城郭挑浚池壕，壕外砍合抱大樹，多枝椏的，交互斜結三五層做鹿角。這箇瀋陽有可守之勢，遼瀋大勢還敢窺且又遍賊鼻示他一簡要進兵的意思，叫他體恤兵士整不時遺書扎與道將。勉他忠義

糊罳械嚴固防守，又因標下左翼營遊擊陳倫不理軍務不恤軍士飲酒痛娟戒諭不改，廿日已將他闔的娟妓田四見驅逐出城陳倫又私自出營

虜設防寬邊尤夷地山川險阻之形靡不洞悉。

兵家攻守奇正之法無不精通實武弁中之有

心機。有識見有膽量有作爲者豈能多得應與

實授都司。

經畧又因兵力不支糧餉不繼從衆議聚全力保

守遼陽看得代子河水可以引入城壕還有支流。

築壩壅水可以環遶經畧督率兵士開築毛都司

都首先效用逶迤過了冬經畧因天色溫和兵餉

畧足道向日開鐵失陷奴兵旣去我兵不往守都

十忠象　　　第六回　　　　　　　　六

機會。

與毛都司兩箇相度地形道鎮江是遼瀋左臂朝鮮登萊咽喉金復海蓋門戶須得添兵與朝鮮犄角申文三院毛都司已知鎮江是箇要地也盡知鎮江虛實事畢回話熊經畧重賞了毛都司果然奴酋哨探零騎到邊上的都中了毒說是水土不服不敢大舉深入也是熊經畧商謀也見毛都司勇于任事經畧曾在援將勞苦異常奏跪上薦他道。

管鉄騎管加銜都司毛文龍棄儒從戎志期滅

爵虎皮驛一帶雖有賀世賢清撫一帶有紫國柱

李光榮但兵少且弱不堪與虜對敵我意欲造你

在沿邊一帶有水草之處撒放毒藥俟他入寇苦

是不戰而勝之策間你熟于地形你須不避艱苦

為國立功毛都司卽了兩箇頭道小將就去出了

經畧府便差心腹人買了砒礵等毒北自清河撫

順直至鎮江畫伏夜行此是有水有草處都藏放

毒藥以待奴酋兵至到鎮江時適値朝鮮咨文與

鎮江遊擊戴光裕道奴酋有意攻朝鮮戴遊擊因

第六回　　　五

奏疏
事兄經畧

你曾任守備久在遼東我看你是箇有心機有膽

量有作爲的人你沿邊地方形勢可也曉得麼奴

都司道沿邊形勢小將也曾畧知經畧道這等奴

酋入犯之處你可料得來麼毛都司道奴酋入犯

人必要水馬必要草零星入掠可不不擇地其大舉

必從多水草之地進發這地方都可定得來經畧

又叫近前道我有一事差你你敢去麼毛都司道

凡是國家公事爺臺軍命敢不竭力經畧悄悄的

道我想下策鬪力上策鬪智如今瀋陽雖有栢世

大喝一聲道那裡走竟舞手中鉄杵來打振南振

南急用手格時早爲杵挺于壁間死力要掙脱時

不覺驚醒巳在床上振南自想道我的功名應不

能到絶頂了都也不是以下之人以此自負後來

在遼東做了箇旗牌因斬獲西虜有功曾任襄陽

守備至此時加都司銜管遼東鉄騎營兵馬每日

參謁熊經畧經畧見他體貌偉梧舉止儒雅常問

他些事對應頗是詳明間他守備地方形勢答應

了了經畧知他是箇有才幹人一日叫他近前道

千思录　第六回　四

百景畢盡

層見一官朱衣幞頭。振南又與他揖了。與他在塔中觀玩下邊光景。

渺渺天連野。　森森樹棧山。　微青禾遍地。
纖白水成灣。

振南道欲窮千里目更上一層樓待又上去祇朱衣道君且止此振南不從復往上行過了第六級至第七級却是一箇神人在上。

臉如藍靛點微班。　兩髮朱塗噴火光。
頭頂金冠紅映日。　手持鐵杵氣鬚髯降。

6

在寓所。偶然神思困倦便伏几而睡只見信步而

行忽然見一座寶塔

尨耀千鱗淺碧欄搖一抹微紅琅琅鈴鐸响西

風寶頂青霄直聳，

這毛振南看了道我在此許久不曾見這塔且

喜一隨喜走到塔邊塔門正是洞開毛振南抽身

入去傍邊有白玉坡級振南便步將上去不見一

人復上一層見一官上坐對振南道將軍此來不

易振南與相揖了求看上邊這官也不阻直至五

這兩句文字屢試有司不得進取一日喟然嘆道

丈夫當取功名如拾芥怎年紀三十困于名場便

拋却書卷習騎射也百發百中又係書生心極靈

巧理極透徹所以武經將畧一覽無遺便有志遼

方恰又母舅巳成進士官拜職方他把寡母託與

妻子別了兄弟仲龍雲龍特沈兵部書馳入遼東凡是

他平生胸懷倜儻揮金如土以此一至遼東凡是

知名文士雄畧武臣無不與他交游又時常備了

糧糗遍遊河東西地方山川形勝無不歷覽一目

愚人所謀
不欲爲人
家乘也

如韓信出在逃虜岳武穆出在行伍寶劍在匣利

錐處囊何嘗不露出鋒頴但是知者會得風塵識

英雄愚人直待歲寒知松栢當日遼左有事人見

將星照在杭州所以要募浙兵取浙將不知這應

將星的早巳在遼東了自古道山西出將這將官

原也係籍山西他祖姓毛名玉因做鹽商寄籍杭

州府錢塘縣生子毛偉是簡監生娶同鄉沈氏生

有三子長名文龍九歲喪父母親撫他爲他娶妻

別號振南年少也有志功名博習百家只是運蹇

第六回

二

3

新來經略當道熊。雙睛閃爍初日瞳。

便從行伍拔豪傑。與君戮力成奇功。

丈夫埋沒每如許。今日成虎昔為鼠。

乘時且展爪牙威。用酒丹心獻當宁。

從來豪傑無種將。材偏不在世祿之中人道世將。

畢竟身親戰陣黃石家傳不知習子富貴意氣易

驕又且重視身家貪生怕死不如草澤英雄貪寒。

鍊他骨格困阨發他心思顛沛勵他志氣沒箇依

沒箇傍勞勞空跳出一箇身來自能為國家立功業

卷之二

第六回

振南出奇壽虜　芝岡力固全遼

將星烔烔明吳地　中有奇才崛然起

學書不成耻作儒　短衣挾劍三韓市

千金結客豈言貧　肘後玄符泣鬼神

腹裡山川輕聚米　時將與慶問蓍叟

醉來夜戰清河堡　虜騎紛紛秋葉掃

英雄直令夷夏聞　微官何惜供遼倒

第六回

一

영인자료

遼海丹忠錄　卷二

『古本小說集成』 72，上海古籍出版社，1990.

역주자 신해진(申海鎭)

경북 의성 출생
고려대학교 국어국문학과 및 동대학원 석·박사과정 졸업(문학박사)
현재 전남대학교 인문대학 국어국문학과 교수
BK21플러스 지역어 기반 문화가치 창출 인재양성 사업단장
한국언어문학회 회장

저역서 『요해단충록(1)』(보고사, 2019)
『무요부초건주이추왕고소략』(역락, 2018)
『건주기정도기』(보고사, 2017)
『심양왕환일기』(보고사, 2014)
『심양사행일기』(보고사, 2013)
이외 다수의 저역서와 논문

요해단충록 2 遼海丹忠錄 卷一

2019년 2월 26일 초판 1쇄 펴냄

지은이 육인룡
역주자 신해진
펴낸이 김흥국
펴낸곳 도서출판 보고사

책임편집 이경민
표지디자인 손정자

등록 1990년 12월 13일 제6-0429호
주소 경기도 파주시 회동길 337-15 보고사 2층
전화 031-955-9797(대표)
02-922-5120~1(편집), 02-922-2246(영업)
팩스 02-922-6990
메일 kanapub3@naver.com/bogosabooks@naver.com
http://www.bogosabooks.co.kr

ISBN 979-11-5516-882-0 94810
979-11-5516-861-5 (set)
ⓒ 신해진, 2019

정가 18,000원